KB188089

피아노와 이빨

# 피아노와 이별

위로와 희망을 나누는 메시지   윤효간 지음

나의 피아노는 **여행**이다

울산 간절곶

프롤로그

# 아름다운 사람을
# 연주하고 싶습니다

조명이 꺼진다. 나는 건반을 누르기 시작한다. 88개 건반 중 가장 낮은 음을 누른다. 아직 조명이 켜지지 않은 상태. 어두운 무대 위, 어두운 건반 위에서 나는 눈을 감고 한 음을 계속 두드린다. 관객은 캄캄한 공연장 안에서 아직 멜로디가 섞이지 않은 하나의 저음만 듣는다. 그리고 천천히 한 음씩 옥타브를 타고 올라가며 멜로디가 된다. 서서히 조명이 들어온다. 공연이 시작되었다.

〈피아노와 이빨〉 공연은 이렇게 시작된다. 암전, 조명이 꺼져야 공연이 시작되는 것이다. 조명을 환하게 비춘 무대로 등장하지 않고, 아직 불을 밝히지 않은 무대 위를 걸어가 어둠 속에서 연주를 시작한다. 나의 삶도 그랬다. 나는 어둠 속에서 연주를 했고, 캄캄한 무대에서 빛을 보았다. 점점 고조되는 음악과 화려하게 덧입혀지는 조명, 2시간의 공연 동안 나와 관객은 숨을 거칠게 쉬기도 하고, 정지하기도 한다. 웃고, 손뼉을 치고, 이야기를 전하고, 듣는다. 나는 아름다운 사람을 연주한다. 사랑으로 사람을 연주한다.

2시간의 공연이 끝나고 나면, 많은 사람이 나에게 다가온다. 내 음악과 내가 살아온 인생 이야기에 관심을 보인다. 관객들은 나에 대해 더 궁금해 하고, 묻고 싶고 듣고 싶은 이야기가 많아진다. 공연 중 이야기(이빨) 시간은 15분 남짓, 나는 그 이야기를 한 권의 책으로 풀어내기로 했다. 사실 나는 '피아노'보다 '이빨'에 관심이 많다. 하고 싶은 이야기가 많고, 꼭 들려주어 용기를 주고 싶은 이야기가 내가 살아온 시간 속에 들어 있기 때문이다. 책을 통해 더 많은 관객과 좋은 만남을 하게 될 수 있을 거라고 생각했다. 내가 살아온 이야기, 아름다운 사람을 연주하게 된 시간을 이제 꺼내 놓고자 한다.

〈피아노와 이빨〉을 시작할 때부터 책을 내자는 제의를 많이 받았다. 100회도 안 되었을 무렵에는 여러 출판사에서 출간 제의를 해 왔다. 사실 내가 생각해도 내 인생 이야기는 매력이 있는 것 같다. 그들은 공통적으로 말했다. "왜 책을 안 내세요?" "선생님 책이 나오면 반응이 엄청날 거예요!" 하며 나에게 힘을 보태 주었다. 마음 같아선 바로 책을 내고 싶기도 했다. 제의를 받았다는 자체만으로도 큰 기쁨이었으니까. 최종학력 고졸. 기존의 피아니스트와는 너무나도 동떨어진, 다른 세계에서 살아온 나를 사람들이 인정한다는 증거나 다

름없었다.

모두 반대한 외로운 길을 내 뜻대로 고집하며 여기까지 왔는데, 그런 나에게 책을 내자고 한다. 내가 살아온 이야기를 듣고 싶다고 한다. 내 삶이 세상 사람들에게 읽힐 만한 가치가 있다는 사실은 내게 최고의 희열을 주었다. '내가 틀리지 않았구나. 나처럼 살아도 되는 거였구나. 내가 옳았구나…!' 그러나 희열을 느꼈을 뿐 마음이 동하지는 않았다.

책을 내고 싶은 마음에 앞서 좀 더 때를 기다리자는 마음이 컸다. 내 삶에 '책'이라는 또 하나의 희망단어가 들어오고 난 이후, 나는 좋은 책을 만들기 위한 준비를 했다. 일단 글쓰기가 아닌, 더 다양한 공연을 하고 더 거칠게 도전하는 일이 먼저라고 생각했다. 나에게 글이란 책상 위에서가 아니라 넓은 세상 속에서 자연스럽게 써져야 하는 일. 오직 내가 직접 경험한 것만을 담아내야 하는 일이었다. 발로 뛰어 쓰고, 몸을 움직여 쓰고, 수많은 사람을 만나며 쌓은 시간이 곧 나의 글이 된다. 나에게 글은 피아노이자 이빨이자 공연이자 무대이자 내가 만나 온 사람들이다.

책을 머릿속에 넣어 둔 다음부터 지금까지 나는 끊임없이 떠났고, 재미있는 일을 꾸미고 가치 있는 일에 망설임 없이 나섰다. 어차피 나는 가방끈이 짧으니까 몸을 움직이는 수밖에 없다. 행동하고 경험하는 것. 그것이야말로 내가 가장 자신 있고 가장 잘할 수 있는 일이다. 나는 나의 학식과 지식이 아니라 실패와 도전을 담은 100퍼센트 경험을 토대로 '이빨[說]'을 푸는 책을 만들기로 했다. 나의 길이 많은 이에게 용기를 심어 주고, 나의 도전이 젊은 친구들은 물론이고 중년에게도 자신감을 불어넣어 줄 수 있기를 바라는 마음으로 말이다. 그렇게 해서 책을 내겠다는 마음을 먹은 지 만 8년 만에 진짜 내 책이 세상으로 나오게 되었다.

〈피아노와 이빨〉 공연이 1000회를 넘으면서 내 몸에서 뭔가 꿈틀댔다. 지금껏 해 왔던 일보다 더욱 가치 있는 일을 해야 하지 않을까 하는 생각으로 가슴이 서서히 요동치기 시작한 것이다. 늘 의미 있는 공연을 하기 위해 최선을 다해 왔지만, 공연만 잘하라고 하늘이 내게 특별한 재능을 주고, 또 험난한 길을 걷게 한 것은 아닐 거라는 생각이 들었다. 이제는 정말 더 넓은 세상에 기여할 수 있는 일을 해야 한다! 온몸이 그렇게 말하고 있었다. 마침 그때 태국을 방문할 일이 생겼다. 공연을 위한 답사 차원이었다.

미얀마 정부의 탄압을 피해 탈출한 미얀마인이 '매솟'이라는 접경지역에 난민촌을 형성해 살고 있는데, 그곳에 가서 공연을 하면 어떻겠느냐는 제의가 들어온 것이다. 지인의 제의를 받고 일주일 만에 그곳을 찾아갔다. 방콕에서 매솟까지 버스로 10시간, 매솟에서 다시 버스를 타고 산속으로 들어가야 난민촌이 나왔다. 그곳에서 충격적인 광경을 보았다. 그걸 집이라고 할 수 있을까? 온통 회색빛인 어두침침한 난민촌. 엉성한 '가옥'들이 빼곡하게 온 산을 덮고 있었다. 같은 형태의 난민촌이 매솟 인근에 아홉 개나 형성되어 있고 모두 25만 명이 넘는 난민이 생활한다고 했다. 그들을 만나려면 열 차례 가까이 검문검색을 거쳐야 했다. 세상과 단절되어 있는 곳, 희망이 배제된 삶을 사는 아이들…. 그들에게 찾아가 공연을 한다는 것이 과연 의미가 있을까? 피아노를 가지고 그곳에 들어간들 무슨 꿈과 용기를 전할 수 있단 말인가? 착잡한 마음에 며칠 동안 한숨만 쉬다 돌아왔다.

난민촌의 실상을 본 이상 맘 편히 있을 수는 없었다. 어떤 식으로든 내가 할 수 있는 일, 해야 할 일이 있을 거라 믿었다. 학교를 지어 줄까? 도서관을 만들어 줄까? 머릿속에 갖가지 그림을 그려 보며 고민을 거듭하던 어느 날, 귀가 번쩍 뜨이는 소리가 들렸다.

"음악실을 지어 주는 게 어때요? 난민촌이 너무 색이 없고 칙칙하니까 그곳에 원색의 공간이 하나 있으면 색을 통해서 아이들 눈빛이 달라질 것 같아요."

"계속해 봐!"

"피아노 몇 대 갖다 놓고, 여러 가지 악기도 놓고, 미술 도구와 책도 놓고…. 음악실을 겸한 다목적실 같은 거죠. 아이들이 놀 공간이 없으니까 그곳에서 놀며 다양한 문화 활동을 체험하게 하는 거예요. 우리가 상주할 수는 없으니까 대학생 자원봉사자들이 그들의 선생님이 되게 하고, 1년 뒤 그리고 또 1년 뒤, 이런 식으로 매년 공연을 하면 좋을 것 같아요. 우리의 '풍금이 흐르는 교실' (풍금이 흐르는 교실은 내 동요 연주 앨범 제목이다)을 난민촌에 지어 주는 거죠."

나는 순간 눈물이 났다. 가슴이 뛰었다. 바로 그거다. 옛날부터 '풍금이 흐르는 교실'을 직접 짓고 싶었는데…. 가까이 두고도 잊고 있던 내 꿈이 섬광처럼 번뜩이며 머리를 환하게 밝혀 주었다. 평소 "안 돼요!" "그걸 왜 해요?"라는 말로 반대하는 게 전문인 매니저가 몇 년 만에 내놓은 굿 아이디어였다. 물론 매니저는 이 말에 동의하지 않았다. 매번 좋은 아이디어를 내놓았다며 볼멘소리를 냈다. 훗훗. 이래서 동지가 중요한 거다. 서로의 가슴에 불을 지필 수 있는 관계 말이다. 그래, 풍금이 흐르는 교실! 예쁜 색이 넘쳐 나는 '풍금이 흐르는 교실'에서 그 아이들이 웃고 뛰놀고 쉬는 모습을 상상하니 자꾸만 눈물이 났다. 상상하는 것만으로도 행복한 일, 내 몸에 일던 그 꿈틀거림이 드디어 출구를 찾은 것이다.

요즘도 나는 많은 공연을 만들고 있다. 진한 보람을 느낀 군부대 투어를 연례행사로 전환해 계속 이어 나가기로 다짐했다. 그리고 오늘도 나는 나 자신이나 다른 사람과 한 약속을 하나하나 지키고자

11

노력하고 있다. 〈피아노와 이빨〉 재단을 출범해 '풍금이 흐르는 교실'을 짓기로 했다. 1호, 2호, 3호… 전 세계 난민촌에 꿈과 희망의 공간을 계속 만들어 나갈 것이다.

　지금도 내 머릿속에선 해야 할 일, 하고 싶은 일, 가고 싶은 곳, 가야 할 곳, 만들고 싶은 것 등이 쉼 없이 돌아가고 있다. 인생의 반을 살았다. 앞으로의 반이 정말 기대된다. 나는 항상 '내일'을 생각하면, 가슴이 뛴다. 가치 있는 일을 꿈꾸며 사는 것처럼 가치 있는 삶이 있을까. 이 순간 나는 기쁘다. 내 삶의 방식이 틀리지 않았다는 것이 기쁘다. 다른 사람들에게 내가 힘을 줄 수 있다는 사실이 기쁘다. 나는 틀리지 않았다. 나는 옳았다.

2012년 10월
풍금이 흐르는 교실에서　윤효간

# PART 3 피아노가 간다

# PART 4 드디어 1000회 공연

# PART 5 나를 인도하는 11시 30분 방향

갤러리에서 만나는 아주 특별한 피아노

# 윤효간 piano concert
## 피아노와 이빨

주최 : 윤가 엔터테인먼트  www.pianoyun.com
후원 : 스포츠 토토(주)
일정 : 2005년 11월 11일 ~ 11월 17일 (7일간)
시간 : 평일-저녁7시30분 / 토요일-4시, 7시 / 일요일-5시
장소 : 윤 아트스페이스 (청담동) www.yooartspace.com
예매처 : 티켓링크(1588-7890) www.ticketlink.co.kr

ticketlink

윤효간콘서트하는 아름다운재단의 객석1% '성화나눔'과 함께합니다

2005년 11월 11일, 내 생애 첫 번째 피아노 공연 〈피아노와 이빨〉이 시작되었다.

PART 1

# 나는 '록 스타'를
# 꿈꾸었다

어린 시절 피아노 레슨에 조금씩 지쳐 가던 때에
록 스타들의 공연은 신기함 그 이상의 가치로 내게 다가왔다.

# 그곳에 피아노가 있었다

어린 시절을 생각하면 언제나 부산 동대신동의 양옥집이 떠오른다. 나는 그 집에서 태어나 서울로 상경할 때까지 내내 그곳에서 살았다. 가장 먼저 떠오르는 것은 2층에 있던 내 방이다. 창문을 열면 위로는 드높은 하늘이 펼쳐지고, 아래로는 동네가 한눈에 내려다보이던 방. 커다란 침대 위에서, 혹은 널찍한 책상 앞에서 늘 음악을 듣던 곳. 나는 아주 어릴 때부터 밤이 되면 그 방 창문턱에 걸터앉아 오래도록 멍하니 하늘을 쳐다보곤 했다.

그 집에는 내 방 말고도 무려 일곱 개의 방이 더 있었다. 그래서 부모님과 우리 4형제는 각각 방 하나씩을 독차지하고 살았다. 빨간색 피아트 승용차, 예쁜 정원, 가정부 아줌마, 운전기사 아저씨, JBL 스피커, MARANTZ전축, 그리고 내 유일한 친구였던 애견 푸들. 이것은 어느 드라마 속 모습이 아니다. 수많은 사람이 가난한 시절로 기억하는 1960년대, 내가 살았던 우리 집 모습이다.

그리고 그곳에는 피아노가 있었다.

내가 기억할 수 있는 가장 어린 시절부터 이미 피아노는 그곳에 있었다. 나는 자연스럽게 장난감을 다루듯 피아노를 치며 놀았고, 일곱 살 때 정식으로 배우기 시작했다.

내게는 형이 셋 있다. 음악을 좋아한 아버지는 우리 4형제에게 각기 한 가지씩 악기를 배울 수 있게 해 주셨다. 열 살 터울의 큰형은 베이스를, 여덟 살 터울의 둘째 형은 기타와 피아노를, 네 살 터울의 셋째 형은 드럼을, 그리고 나는 피아노를 배웠다. 아버지의 기대는 차츰 나이가 가장 어리고 재능이 있어 보이던 내게로 향했다. 아버지는 내가 음악을 제대로 배울 수 있도록 최고의 조건과 환경을 만들어 주셨다. 당시 우리 집에 있던 야마하 피아노와 하몬드 오르간은 요즘도 일반 가정에서는 장만하기 쉽지 않은 악기다.

아버지는 자수성가한 사업가였다. 1980년대 초반 '불티나' 라이터가 보급되기 전까지 전국의 거의 모든 가정에서 사용하던 'UN성냥'이 바로 아버지가 이룬 기업이었다. 나는 그 유명한 UN성냥 공장의 늦둥이 막내아들. 어린 시절의 나는 세상 부러울 것 없는, 그래서 세상의 많은 이가 부러워하는 그런 아이였다.

많은 경상도 가정이 그렇듯 우리 집도 대화가 별로 없었다. 딸 하나 없는 4형제이다 보니, 혹은 넓은 집에서 각자 독방을 쓰다 보니,

서로 사랑하는 마음은 있었겠지만 살가운 모습은 좀처럼 찾아볼 수 없는 집안이었다. 나 역시 그랬다. 막내였지만 워낙 내성적인 데다 형들과는 터울도 있어서 형들에게 다가가기 어려웠고, 형들도 나와 놀아 주지 않았다. 그렇게 나는 늘 혼자였고 외로웠다.

적막한 집안 분위기 속에서 나는 혼자 꿈꾸고 상상하는 데 많은 시간을 보냈다. 고등학교 3학년, 서울로 올라올 때까지 나는 집에 있을 때면 언제나 내 방에 틀어박혀 낮에는 종일토록 음악을 들었고, 밤이면 창문을 열고 별들과 대화를 나누었다. 돌아보면 나는 그 시절 내내 아티스트가 되어 전 세계를 날아다니는 꿈을 꾼 것 같다. 그리고 간절히 소망한 꿈은 이루어진다고 했던가. 결국 그때 꾼 꿈과 비슷한 길을 걸어 오늘에 이르게 된 것 같다.

어린 시절, 피아노를 치는 나를 보며 아버지는 종종 말씀하셨다. 피아노 열심히 쳐서 서울대 음대에 가야 한다고. 그리고 유학도 다녀와서 음대 교수가 되라고. 나 역시 당연히 그래야 하는 줄 알고 피아노 연습을 열심히 했다. 내가 이른바 '정상(전형)적인 코스'를 밟아 음대 교수가 되기를 바랐던 것은, 비단 우리 아버지만의 과욕이 아니었다. 어느 부모를 막론하고 음악을 배우는 아이의 미래라고 하면 으레 교수직을 먼저 떠올리는 게 당연하던 시절이었다. 아버지도 그것만이 길인 줄 아셨고, 그것만이 음악에 재능을 보이는 막내아들에게 해 줄 수 있는 최고의 뒷바라지라고 생각하셨을 뿐이다. 하지만 어느 순간부터 내 가슴에는 도무지 제어할 수 없는 호기심과 욕망이 꿈틀거리기 시작했다. 아버지가 말씀하시는 코스, 혹은 피아노 선생님이 제시하는 길 이외의 다른 길은 없는 걸까? 막연한 궁금증이 작은 머릿속을 꽉 채웠다.

초등학교 6학년 때 참가한 내 생애 처음이자 마지막 콩쿠르를 잊을 수 없다. 나는 서울에서 열리는 제법 큰 피아노 콩쿠르에 참가했다. 들뜬 마음과 부푼 기대감에 연습을 열심히 해서 준비를 마쳤다.

그런데 그날의 분위기는 내가 생각하고 기대했던 것과는 너무 달랐다. 어린 내 눈에는 충격적이기까지 했다. 수십 명의 아이와 그들의 부모가 한 줄로 앉아 팽팽한 긴장감 속에서 순서를 기다리는 모습은 낯설다 못해 어색했다. 부모들의 눈엔 오로지 자기 아이밖에 보이지 않는 듯했다. 다른 사람들과 대화를 주고받기는커녕 눈조차 마주치지 않았고 오로지 자기 가족에게만 관심과 시선을 집중했다.

순서를 기다리는 동안 앞 순서 아이들이 연주하는 것을 들었다. 이상한 일이 벌어졌다. 또래 친구들의 피아노 연주가 다 똑같이 들리는 것이었다. 연주 실력은 물론이고 연주하는 자세와 스타일까지 다 엇비슷했다. 소리에 작은 차이만 있을 뿐 어떤 개성도 발견할 수 없었다. 한 사람의 연주라 해도 무방할 정도로 비슷비슷한 연주였다. 세상에! 전혀 다른 곳에서 피아노를 배웠는데, 어떻게 모두 자로 잰

듯 똑같이 연주할 수 있을까? 음을 틀리지 않는 한 누가 잘했고 못했는지 판단할 수 없는, 죄다 비슷비슷한 연주 실력에 나는 큰 의문을 품게 됐다. 어찌 보면 참 신기하고 재미있는 일이기도 했다. 문제는 나도 그 친구들과 다르지 않다는 점이었다.

나는 콩쿠르에서 입상하지 못했다. 그것은 정말 다행이었다. 내 삶을 통틀어 어쩌면 가장 만족스러운 실패였는지도 모른다. 그 뒤부터 내가 배우는 것들에 의문을 품기 시작했다. "이 곡의 템포는 이렇게 가야 한다." "페달을 이 부분에서 밟아야지." "아니지, 그 소리는 너무 작아. 조금 더 크게.” “손 모양 예쁘게! 살포시 계란을 쥐듯이 하랬지.” 선생님은 언제나 교본대로 내게 주문했다. 나는 물었다. “선생님, 저는 여기서 작게 치고 싶은데요?” “선생님, 여기서 크게 치면 어떻게 되나요?” “선생님, 페달은 제 맘대로 밟으면 안 되나요?” 선생님은 대답했다. “야, 너만 피아노 치냐? 다른 애들도 다 이렇게 치는데, 왜 너만 그렇게 치려고 그러니? 쓸데없는 질문 하지 말고 악보나 똑바로 봐.” “피아노는 다 이렇게 치는 거야. 그러니까 악보가 있는 거지. 음악은 작곡가의 의도가 중요한 거야.”

과연 그럴까. 다르게 치면 안 되는 걸까. 이후의 피아노 연습은 거의 독학에 가까웠다. 선생님이 돌아가고 나면 나는 일부러 악보와 반대로 피아노를 연주하곤 했다. 세게 치라는 부분을 작게 치고 작게 치라는 부분을 세게 쳤다. 페달을 밟으라는 곳은 건너뛰는 대신 내 느낌이 닿는 부분에서 페달을 밟았다. 옥타브를 바꿔 가며 치거나 건반이 없는 나무 부분을 두드리기도 했다. 나는 알아 갔다. 그렇게 해도 음악이 된다는 사실을….

국립극장 KB청소년하늘극장

악보대로 연주하는 것이 싫어 느낌으로 연주하는 법을 익혔다.
나의 피아노 연습은 남과 다르게 연주하고 싶다는 데에서 출발했는지도 모른다.

# 혁명가, 그들과의 만남

형들 방에는 어린 시절 나를 또 다른 세상으로 연결해 주는 일종의 비밀 통로가 있었다. 초등학교 시절 첫째 형과 둘째 형은 이미 대학생이었는데, 셋째 형과 나는 그곳을 통해 또래에 비해 다양한 문화와 정보를 접할 수 있었다. 집에 홀로 남겨져 있는 시간, 형들 방에 몰래 들어가 침대 밑으로 손을 뻗으면 만화책을 비롯해 《플레이보이》, 《펜트하우스》, 《선데이서울》 같은 19금 잡지들이 집혔다. 책장에는 나폴레옹, 간디, 처칠, 케네디, 링컨, 루스벨트 등의 위인전과 제2차 세계대전을 다룬 책들도 있었다. 각종 서적들과 수많은 LP 레코드판, 거기에 《월간 팝송》까지…. 형들 방은 실로 판도라의 상자 같았다.

나는 틈나는 대로 그곳에 가서 음악을 듣고 책을 읽었다. 이상하게도 베토벤, 슈베르트 같은 음악가보다 정치나 혁명가의 책에 손이 갔다. 마치 그 속에 내가 들어가 있는 느낌이랄까. 그런 느낌으로 가슴이 뛰곤 했다. 그 시절 과도하게 집중하며 모종의 독기를 키운 건지, 타고난 건지 모르겠지만 나는 어떤 일에 집중하면 잠도 생략하고 끼니도 거르며 푹 빠지는 습성이 있다. 나는 막연히 생각했다. 내가 피아노로 혁명을 일으킬 순 없을까? 막연하지만 강렬한 꿈이었다.

그 무렵 내가 가장 좋아하던 텔레비전 채널은 일본 방송이었다. 집이 부산인 덕분에 우리 집에서는 일본 채널이 잡혔다. 1970년대 일본 방송은 규모로 보나 수준으로 보나 확실히 국내 방송과는 차원이 달랐다. 그중에서도 내가 가장 즐겨 본 프로그램은 매주 토요일 오후에 방영된 공연실황 녹화 방송이었다. 당시 일본에서는 세계적인 록 스타들의 공연이 자주 열렸는데, 그들의 라이브 공연을 녹화해 매주 한 편씩 방송했다. 비틀스, 올맨 브라더스 밴드, 딥 퍼플, 레드 제플린 등 당대 최고 록 스타들의 공연이 화면 속에서 펼쳐졌다.

나는 넋을 잃고 그들의 공연 모습에 빠져들었다. 그때까지 내가 배운 음악과는 전혀 다른 새로운 음악이 울려 퍼졌고, 거기에 온 마음을 빼앗기고 말았다. 클래식 피아노 레슨에 조금씩 지쳐 가던 시기였기에 나에게 록 스타들의 공연은 신기함 그 이상의 가치를 안고 다가왔다. 인생의 영웅을 만났다고 해도 지나친 말이 아니었다. 막연히 혁명가를 꿈꾸던 나는 그들에게서 혁명의 메시지를 들었다. 땀 흘리고 소리치고 절규하는 모습, 그 눈동자 하나하나에서 그들이 진정 관객과 소통하고 있다는 신념과 그 역시 세상을 변화시키는 또 하나의 혁명이라는 확신이 들었다.

비틀스를 만난 것도 그즈음이었다. 우연히 라디오를 듣다가 나는 그만 심장이 멈추는 줄 알았다. 라디오에서 흘러나오는 새롭고도 아름다운 선율에 나도 모르게 그만 눈물을 흘리고 말았다. 그때 들은 곡이 바로 '헤이 주드(Hey Jude)'였다. 그다음부터는 정말이지 아무것도 보이지 않았다. 숨 막히는, 탈출하고픈 피아노 연습. 내가 왜 피아노를 해야 하는가, 나는 무엇을 위해 피아노를 치는가에 대한 고민은 그때부터 형태를 바꿔 고스란히 팝 음악에 대한 열정으로 분출되었다.

낮에는 선생님에게 레슨을 받고 밤에는 팝 음악에 흠뻑 빠지는, 음악의 이중생활이 시작되었다. 나는 복사판, 정품, 중고 가리지 않고 팝 음반이라면 닥치는 대로 LP를 구입했고, 음반이 늘어지도록 미친 듯이 듣고 또 들었다. 음악을 들으며 악보를 따기도 하고 직접 연주를 해 보기도 했다. 팝 음악은 어린 나를 영국과 미국, 전 세계로 데려가 주었다. 또 우주는 물론 보이지 않는 영혼의 세계로도 인도해 주었다. 나는 그곳에서 온몸으로 자유를 느끼며 상상에 빠져들곤 했다. 꿈같은 시간, 꿈같은 날들이었다. 나는 열세 살, 열네 살 시절을 그렇게 보냈다.

그렇게 시작된 나의 음악 열정은 결국 평생의 길로 이어진다. 나는 고등학교 3학년 때 서울로 가출한 이후 밤무대 밴드 생활과 KBS 관현악단, 세션맨 등을 거치다가 〈피아노와 이빨〉 공연을 통해 오늘에 이르렀다. 부모님이 원하셨던, 기존의 가치관으로 가장 최선이라 여겼던, '정상(전형)적인 코스'에 대한 거부감과 반발이 그야말로 '전혀 다른' 코스로 내 삶을 이끈 것이다.

누군가 내게 묻는다. 그 좋은 환경과 재능을 갖고서 조금만 참고 어른들 말씀대로 따랐더라면 누구나 부러워할 만큼 안정적이고 편한 길을 걷지 않았겠느냐고. 왜, 무엇 때문에 어렵고 거친 세계로 자신을 이끌었느냐고, 거기에 대해 후회하지 않느냐고 말이다. 나는 대답한다. 물론 어려서부터 음악을 배울 수 있는 좋은 환경을 타고난 것에 항상 감사한다고. 어려운 집안에서 태어나 성장했다면 그것은 결코 쉬운 일이 아니었을 테니 말이다. 하지만 나는 어른들이 정해 준 길을 따르지 않은 것에 대해 자랑스럽게 생각한다. 인생의 답은 사실 아무도 모른다. 그럼에도 선생님이나 부모님은 대개 마치 정답이라도 있는 양 얘기한다. 물론 안전한 길을 가르쳐 주기 위한 의도라는 건 충분히 이해한다. 하지만 누구든 인생의 답을 얘기할 때면 그것을 강요할 수 있는지부터 신중하게 생각해 봐야 한다.

우리는 가보지 않은 저쪽 세계를 알지 못한다. 그리고 다가올 세계는 지나온 세계와 다를 수 있다. 우월한 지위와 경험이라는 잣대로 타인의 삶에 '정답'을 제시하고 획일화된 교육을 강요하는 것을 나는 태생적으로 거부한다. 주류와 시스템에 순응하는 것이 나쁘거나 무의미하다는 얘기가 아니다. 그것을 중요하게 여기는 만큼 다른 길, 새로운 길을 찾는 것 역시 중요하게 여겨져야 한다는 점을 강조하고 싶은 것이다. 새로운 세상은 다른 방법을 찾을 때 열린다고 생각한다.

국립극장 KB청소년하늘극장

나에게는 다른 방법을 찾아 나설 '용기'가 있었다. 만약 내가 부모님과 선생님이 제시한 길을 잘 따라갔다면 지금쯤 어느 음대의 교수가 되어 있을지도 모른다. 물론 안정적인 삶을 살 것이다. 하지만 나는 반문한다. 그렇다 한들 지금의 내 삶과 비교해 무엇이 더 낫다고 말할 수 있을까? 아파트 한 채를 소유하고 자식들 뒷바라지하며 노후 대책을 궁리하는 기성세대의 평범한 삶과 다를 게 무엇인가. 그런 삶이 가치 없다는 뜻은 아니다. 다른 식으로도 충분히 행복할 수 있는 삶이 무궁무진한데, 그것을 찾아보려는 생각조차 어릴 때부터 차단당하는 경우가 많다는 의미다.

그렇다. 나는 일반적인 시각에서 보면 위험한 삶을 살았다. 쉽지 않은 길을 통해 오늘에 이르렀다. 하지만 내가 수년간 〈피아노와 이빨〉 공연을 하며 느낀 자부심과 행복과 가치, 그 모든 것은 무엇을 근거로 삼더라도 내가 선택하지 않은 길과 비교해 모자라거나 부족한 점이 없다. 아니, '정상 코스'를 밟았더라면 과연 내가 지금 음악과 공연으로 얻는 기쁨과 같은 것을 얻을 수 있었을지 의문이 든다. 돌아보건대, 나의 선택은 힘든 과정을 지나왔을지언정 결코 틀린 선택은 아니었다. 다른 방법도 가능할 것이라는 믿음, 부산의 2층 방에서 밤하늘의 별을 보며 꾸었던 내 미래에 대한 꿈이 그르진 않았다고 생각한다.

지금도 많은 사람이 꿈을 꾼다. 음악으로 부와 명예를 거머쥐고 싶은 사람도, 세계를 누비며 여행하고 싶은 이도, 공부로 입신양명하고 싶은 학생도 있을 것이다. 그리고 그 가운데에는 선택과 방향은 다를지라도 나와 비슷한 꿈을 꾸며 새로운 세상을 열고 싶은 청소년과 젊은이도 적지 않을 것이다.

그들에게 몇 번이고 말해 주고 싶다. 그대가 생각한 길, 남들이 고개를 저었거나 추천하지 않은 길, 그런데도 가슴이 뜨거워 도무지 거부할 수 없을 것 같은 길이 있다면, 바로 그 길이 정답이라고, 안락과 여유를 주는 환경이 아니라 결정적 계기를 만들어 주는 환경이 좋은 환경이라고 말이다. 어쩌면 주변의 반대 속에 답이 있을지도 모른다. 반대와 거부의 벽 앞에서 스스로 열정의 정도를 확인할 수 있기 때문이다. 중요한 건 용기와 도전이지 선택 그 자체가 아니다.

# 비틀스와 가발

중학교 2학년, 나의 첫 가출은 집에도 학교에도 적잖은 충격을 던졌다. 도무지 그럴 만한 아이가 아니었고, 도무지 그럴 만한 이유가 없었기 때문이다. 나는 말수가 적고 평범한 학생이었다. 공부와 담을 쌓긴 했지만(공부는 정말 하기 싫었다. 중학교 들어가서부터는 거의 교과서를 보지 않았다), 학교생활은 무난했다. 집에 돌아오면 레슨 시간만 빼곤 방구석에 틀어박혀 음악만 듣고 있었으니, 그야말로 '문제' 될 건 없는 아이였다. 부모님의 간섭이 지나쳤던 것도 아니었다. 그러니까 아무 이유도 없었다.

가출할 이유가 없는 아이의 가출은 더 큰 파문을 일으키는 법이다. 내가 처음 가출을 결심한 이유는, 딴 세상에서 살고 싶었기 때문이다. 더 넓은 세상으로 나아갈 수 있다고 생각했고, 그것은 집을 떠나야만 가능한 일이라고 믿었다. 자유롭게 뻗어 나가고 싶은 욕망은 점점 부풀어 오르는데, 학교를 몇 년 더 다니며 똑같은 일상을 반복해야 한다는 것이 싫었다. 무엇보다 가슴속의 걷잡을 수 없는 꿈틀거림을 견딜 수 없었다.

간단한 짐을 챙겨 집을 나섰다. 나는 그 당시 가까워진 이른바 '불량한' 친구가 사는 동네에 터를 잡을 계획이었다. 친구의 집은 그 동네에서 신문 보급소를 했다. 나는 그곳에 머물면서 새벽마다 함께 신문을 돌리며 내일을 도모했다. 그 동네는 엄밀한 의미에서 내가 본 첫 바깥세상이었다. 나는 태어나서 처음으로 말로만 듣던 판잣집을 직접 보았고, 그 조그만 산동네에 수많은 사람이 살고 있다는 것과 화장실이 없는 집이 있다는 것도 알게 되었다. 큰 충격이었다. 하지만 이상하게도 거부감이 들지는 않았다.

나는 신문 보급소에 머무른 며칠 동안 친구와 함께 산에 올라가 그즈음 배운 담배를 피우곤 했다. 담배를 피우며 나와 우리와 내일에 대한 이야기를 나누곤 했다. 나는 지금도 가끔 생각한다. 불과 일주일 만에 잡혀 집으로 돌아가지 않았다면 어떻게 되었을까. 계획대로 그곳에서 돈을 모아 더 큰 세계로 나갔더라면? 몇 년을 먼저 홀로 섰으니 그 시간만큼 인생을 더 배웠을까, 아니면 지금보다 더 꾸불꾸불 돌아 오늘에 이르렀을까, 아니면…? 알 수 없는 일이다.

그 뒤로 나의 학창시절은 1년에 한두 번씩 가출을 하고, 얼마 후 아버지가 보낸 사람들에게 붙잡혀 집으로 돌아오는 생활이 반복되었다. 갈수록 대담해져 다른 도시(진해, 거제도)에서 한 달 동안 머물기도 했고, 친구들을 꼬드겨 함께 집을 나서기도 했다. 이와 더불어 나는 피아노 레슨을 더는 받지 않게 되었다. 부모님은 마음을 붙이지 못하는 아들을 감당하지 못했다.

돌이켜 보니 한두 해 지난 후부터 내가 했던 가출은, 엄밀한 의미에서 가출이 아니었다는 생각이 든다. 그저 부모님의 허락 없이 마음대로 집을 떠났다 돌아오는 일탈의 반복이었을 뿐. 어느 해에는 여름이 되자마자 바닷가로 떠나 여름이 끝날 무렵에야 집에 돌아왔다.

어디든 내키는 곳이 생기면 무작정 짐을 싸서 떠나는 생활이 반복되었다. 제멋대로의 삶, 방황의 연속…. 음악적 재능은 나의 방황을 가능하게 해 준 든든한 버팀목이었다. 10년 동안 클래식 레슨을 받은 피아노 실력, 무려 3000장이 넘는 팝 음반을 들으며 키운 나만의 '필링'은 곧 나의 생활력이 되어 주었다. 여름의 바닷가 천막에서, 다른 도시의 유흥가 클럽에서 나는 가발을 쓰고 악기를 연주하며 생활비를 마련했다.

참 아이러니한 일이다. 1년에 두 차례씩 가출을 하며 무단결석을 했는데도 학교생활에는 전혀 문제가 없었다. 가출은 가출, 학교는 학교였다. 돌아보면 그땐 이랬노라고 쉽게 정의 내릴 수 없는 때가 바로 청소년기가 아닌가 싶다. 밑도 끝도 없는 배짱과 반항의 연속. 마치 빙그르르 회전하는 동전과도 같이 위태롭게 반복되는 양면성의 시기.

잠시 초등학교 졸업식 때의 이야기를 해야겠다. 부모님이 기부금을 많이 낸 덕분에 나는 별달리 한 것도 없이 학생 대표로 상장을 하나 받게 되었다. 나 스스로 창피해 쥐구멍에라도 들어가고 싶었는데,

아니나 다를까 짝꿍이 잔뜩 비꼬는 투로 이렇게 말했다. "넌 좋겠다. 집이 잘살아서." 그때 내가 느낀 부끄러움과 충격은 나 자신을 되돌아보게 하는 계기가 되었다. 짝꿍이 던진 그 칼날 같은 말 한마디가 어쩌면 나에겐 평생의 가르침이 되었는지도 모른다. 그래서 그 후로는 지나칠 정도로 친구들을 배려했고 성격을 외향적으로 바꾸려고 노력했다. 어쩌면 그 사건이 훗날 가출을 결심한 동기가 되었는지도 모르겠다.

성인이 된 뒤에도 그 친구의 말이 생생하게 기억날 때가 많았다. 내가 가진 과분한 조건으로 중요한 걸 놓치게 될까 염려스러울 때면, 그때 그 친구의 말을 떠올리곤 한다. 가진 것이 많은 사람일수록 처신을 잘해야 한다는 사실을 어렴풋이나마 깨달은 것 같다. 부유한 사람의 생각 없는 행동이 가난한 사람에게 깊은 상처가 될 수 있다는 사실을 말이다. 이후 나는 친구들에게 거부감을 주거나 무례하게 보이는 행동을 하지 않으려고 많은 노력을 기울였다. 멋진 친구가 될 수 있도록 많은 신경을 썼다. 나는 기왕이면 모두와 친해지길 바랐고, 그런 노력 덕분에 제법 인기가 많아졌다.


중·고등학교 때 나는 책가방에 책은 안 넣어도 도시락은 세 개씩 넣고 다녔다. 가정 형편이 어려워 도시락을 싸 오지 못하는 친구들이 많은 시절이었다. 나는 친구들과 함께 내가 가져간 도시락을 나누어 먹었다. 나는 그러면서도 친구들이 너무 미안해하거나 부담 갖지 않도록 신경을 쓰며 핑계거리를 만들어야 했다. '같이 먹자'는 간단한 말로는 부족해서 '사랑하는 아무개야~ 너랑 진짜 밥 같이 먹고 싶어. 밤새도록 네가 얼마나 보고 싶었는지 몰라. 너랑 안 먹으면 밥이 안 넘어갈 것 같아.' 이런 식으로 아양(?)을 떨었다. 그것은 부유한 환경에서 사는 미안함 때문도, 치기 어린 공명심 때문도 아니었다. 그러한 마음이 전혀 없었던 것은 아니었지만, 그보다는 친구들과 잘 어울리고 싶은 마음이 컸다. 초등학교 때는 내성적이어서 표현을 잘 못했지만, 중학교를 거쳐 고등학교 때부터는 반에서 꼴등을 하면서도 인기는 일등이었고, 마치 반장처럼 대장 행세를 하기도 했다.

남자아이들은 욕을 섞어 말하는 것이 친분의 표시이기도 했지만, 나는 어릴 때부터 욕을 싫어했다. '누구 새끼야'라고 말하는 대신에 오히려 쑥스러운 표현을 많이 썼다. 이를 테면 '보고 싶었다, 좋아한다, 너 정말 멋있다, 잘한다, 고맙다' 같은 말을 자주 했다. 친구들의 말에 귀 기울여 주었고 항상 먼저 다가갔다.

반에서 소외된 친구들이 눈에 띄면 먼저 다가가 말을 걸고 같이 밥을 먹었다. 반에서 꼴등하는 내가 일등하는 친구에게 '공부는 잘 되니? 요즘 고민은 뭐니?' 하며 인생 상담에 성적 상담까지 해 주었고, 너무 공부만 해서 삶이 재미없어 보이는 친구에게는 좋은 음악을 추천해 그의 머리를 식혀 주었다. 아마 어른들이 봤으면 '너나 잘하라'고 하셨을 테지만, 나는 정말 적잖은 시간을 나 자신보다 친구들 걱정을 하며 보냈다. 나는 지금도 부유한 학생과 가난한 학생이,

일등과 꼴등이 허물없이 어울리며 함께 좋은 방향으로 나아가는 교실을 꿈꾼다. 그런 세상을 기대한다.

길고 길었던 고등학교 생활에서 가장 큰 즐거움을 준 것은 밴드 활동이었다. 당시 친구들과 함께 밴드를 결성해 2년간 활동했다. 집에 악기도 많겠다, 별 다른 어려움 없이 시작할 수 있었다. 친구들의 레슨비부터 악기 구입, 연습에 이르기까지 밴드 운영 전체를 내가 도맡았다. 멤버들이 참 훌륭했다. 베이스와 키보드를 나와 번갈아 가며 맡았던 동기 박정원은 훗날 드라마 〈겨울 연가〉의 음악 감독으로 유명해졌다. 드럼을 쳤던 1년 선배 강수호는 대한민국에서 알아주는 세션맨으로 성장했다. 대중음악계에서 가장 바쁜 드러머가 아닐까 싶다.

우리는 2년간 연습을 하면서 몇 차례 무대에 오르기도 했다. 제법 큰 무대를 준비하다가 선생님에게 걸려 정학을 당한 일도 있다. 당시엔 밴드 활동을 하면 정학을 당했다. 언젠가 학창시절 이야기를 들려주자 누군가 내게 이런 질문을 했다. 그렇게 집과 학교를 벗어나고 싶어했다면서 스쿨 밴드까지 조직한 건 좀 모순이 아니냐고. 그에 대한 내 대답은 '내 마음대로 살았다'가 될 것 같다. 멋지게 살고 싶었고 뭐든 재미있게 하고 싶었다. 내 마음대로 하되, 재미나고 가치 있는 것을 이루고자 하는 마음은 예나 지금이나 다르지 않다. 어쨌든 스쿨 밴드를 하면서 록 음악을 해야겠다는 마음이 더욱 확고해졌다.

멋지게 살고 싶었고 뭐든 재미있게 하고 싶었다.
내 마음대로 하되, 재미나고 가치 있는 것을 이루고자 하는 마음은 예나 지금이나 다르지 않다.

강원도 속초

# 꿈을 찾아서

　　고등학교 3학년이던 1981년, 나는 무작정 서울로 올라갔다. 대학 진학은 내 꿈이 아니었으므로 관심이 없었다. 그 대신 록 음악에 대한 꿈을 이루려면, 그리고 크게 되기 위해서는 서울에 가야 할 것만 같았다. 서울에서 나는 연주자의 길을 걸을 작정이었다. 머릿속에 불현듯 영감이 떠오르면 그 즉시 해 버리는 나의 결단력과 행동력은 그때도 예외가 아니었다. 친구들이 대학 입시원서를 쓰고 있을 때, 나는 짐을 챙겨 서울로 향하는 열차에 올랐다. 3만 8000원가량의 현금이 내 수중에 지닌 전부였다. 소장하던 LP판을 팔아 마련한 돈이었다.

　　당시의 3만 8000원은 지금보다 큰돈이긴 했지만, 일주일 정도밖에 버틸 수 없는 금액이었다. 가출하는 마당에 부모님께 손을 벌릴 수도 없었고, 부모님 지갑에 몰래 손을 대기도 싫었다. 당장 며칠 안에 굶게 될지라도, 나는 눈 하나 깜짝 안 할 터였다. 지금 생각해도 나는 어릴 때부터 무서우리만큼 당찼다. 겁먹는 일이 없었다. 누구에게 기댄다는 것은 생각조차 하지 않았다. 그렇게 나는 누구의 도움도 없이 완벽하게 가출에 성공했다. 졸업식에 참석만 안 했을 뿐, 고등학교 과정은 거의 마쳤으니 '독립했다'고 말하는 게 맞을 것이다.

서울은 확실히 부산과는 다른 세련됨과 거대함을 자랑하고 있었다. 새로운 세계가 펼쳐질 기회의 땅. 벅차게 부풀어 오르는 기대감으로 일말의 두려움조차 느끼지 않았다. 일단 이태원에 있는 한 여관방으로 갔다. 며칠만 있으면 서울의 밤무대에서 키보드를 연주할 수 있을 터였다. 밤무대, 특히 호텔 나이트클럽 무대는 당시 내로라하는 연주인들의 아지트 같은 곳이었다. 좋은 선배들을 만나 음악적 경험을 쌓고, 돈을 벌고, 그 돈으로 다시 음악을 공부할 생각에 꿈만 같은 시간이 흘렀다.

"서울에서 연주해도 충분한 실력이야." 부산 나이트클럽에서 연주 아르바이트를 할 때 만난 선배는 내게 늘 이렇게 말했다. 과연 내가 서울에서 바로 무대에 오를 수 있을지 나 자신도 정말 궁금했다. 연락이 닿은 선배는 일자리를 소개해 주겠노라 했고, 낙원상가에서 만나기로 했다. 당시 낙원상가는 즉석에서 일거리를 연결해 주는 직업소개 현장이었다. 선배를 만나기로 한 날, 낙원상가에서 여섯 시간을 기다렸다. 선배는 끝내 약속 장소에 나타나지 않았다. 무슨 까닭이었을까. 며칠을 기다렸건만 아예 연락조차 되지 않았다.

그때부터 엄청난 시련이 닥치기 시작했다. 몇 푼 되지 않는 돈은 금세 바닥을 드러냈고 나는 잠시 길을 잃었다. 하지만 마음을 수습하는 시간은 그리 오래 걸리지 않았다. 어차피 나는 음악을 하기 위해 서울에 왔지 누군가를 만나러 온 것이 아니었다. 가지고 온 돈이 많지 않으니 쓰다 보면 바닥이 나는 것 또한 당연한 일이었다. 나는 '11시 30분 방향에 빛이 보인다'는 말을 자주 한다. 마음만 고쳐먹으면 일은 대부분 쉽게 풀리기 마련이다. 어떠한 문제든 비관하고 걱정하는 것보다 선선히 받아들이고 직접 부딪치는 것이 빠른 해결법이다. 궁리하기보다 실천할 때 마침내 극복도 가능한 법. 나는 막다른 길에 몰릴 때마다 손바닥 뒤집듯 마음을 고쳐먹고 2차 선택을 살릴 줄 아는 남다른 배짱을 가지고 있다. 긍정적이고 낙천적인 성격을 타고난 덕분이다.

나와 오랜 시간을 함께한 매니저는 이런 나의 성격을 '미친 긍정'이라고 표현한다. '긍정적'인 수준을 넘어 '굉장히 긍정적'인 수준까지 초월한, 두 손 두 발 다 들게 하는 긍정, 그것이 미친 긍정이란다. 또 '추진력' 하면 윤효간 아니던가(한때 음악 하는 동료들이 지어 준 별명이 '천하의 윤효간'이었다). 나는 어떤 상황과 부딪칠 때마다 누군가에게 기대기보다 나 자신의 의지와 신념을 믿는다. 결코 포기하지 않는다. 나는 부모님이 주신 부유한 환경보다 나 스스로 만든 거친 환경에서 갈고닦은 낙천적인 마음과 결코 포기하지 않는 성격을 감사히 여긴다. '도저히 할 수 없는 상황이라는 것은 없다'는 것이 내 지론이다. 설령 하지 못했다 해도 실패는 언제나 삶에 값진 교훈을 준다. 100퍼센트 실패라는 건 없다. 뭐가 됐든 남기 마련이다. 사람이든, 경험이든, 내공이든… 뭐든 하나는 얻게 되어 있다. 그러니 실패란 존재하지 않는다.

딱 하나 건졌다고 생각하는 그 무엇은, 대개 성공을 통해서는 얻기 힘들고 실패를 통해서만 얻을 수 있는 귀한 보물일 경우가 많다. 지금 당장 힘을 발휘하지 않더라도 다음 성공을 위한 결정적인 역할을 하게 된다. 나는 그것을 실패와 성공의 진리라고 믿는다. 내가 무수히 어려운 상황에서도 〈피아노와 이빨〉 공연을 이어 나갈 수 있었던 힘도 여기서 비롯되었다. 하늘에 먹구름이 가득 덮인 것 같아도 조금만 기다리며 자세히 보면 빛이 보인다. 그 빛을 믿으면 된다. 나는 아직도 보인다. 11시 30분 방향, 바로 내 머리 위에 빛이 보인다. 나는 지금껏 그 빛을 따라 인생을 살아왔다.

나는 낙원상가로 매일 출근 도장을 찍기로 했다. 일단 나가야 일이 생길 것 같았다. 그리고 그곳 사람들과 친해져야 할 것 같았다. 하지만 나이가 너무 어렸기 때문에 아무도 나를 써 주려 하지 않았다. 더는 방값을 낼 수 없게 되면서부터는 노숙을 할 수밖에 없었다. 대궐 같은 집에 살다가 불과 며칠 만에 공원 벤치에 누워 신문지를 덮고 잠을 청하니, 누가 봐도 기막힌 상황이었다. 그런데 이상했다. 이상하게 집보다 편했다.

며칠 출근을 하던 중 룸 밴드에 결원이 생겨 엑스트라로 하루 연주를 하게 되었다. 가 보니 요정이었다. 이태원 최고의 나이트클럽에서 유명 연주인들과 일할 것으로 기대하고 가출까지 감행한 내가 요정에서 일을 하다니. 더욱이 그런 하루 일자리마저 감지덕지라니…! 당시 엑스트라 연주비는 하루 평균 3만 원 정도였는데 나는 어리다는 이유로 5000원 정도밖에 받지 못했다. 일이 들어와 연주를 하면 여관에서 자고, 돈이 떨어지면 다시 영등포역 근처나 공원 등에서 노숙을 하는 생활이 두어 달가량 이어졌다.

그 뒤 아주 조금씩 주머니 사정이 나아져 여관방에서 한 달씩 장기 투숙하는 생활로 발전했다. 약 6개월 뒤에는 부평의 한 카바레를 첫 직장으로 얻을 수 있었다. 굳이 서울 대신 부평을 택한 데는 나름의 이유가 있었다. 서울 인근이면서도 밤 교통이 마땅치 않아 숙소를 제공해 주었기 때문이다. 나는 밤마다 트로트 곡을 몇 시간씩 연주했다. 서울대 교수에게서 레슨을 받던 아들이 카바레에서 트로트를 연주하다니, 부모님이 아셨으면 기함하고도 남을 일이었다.

돌아보면 참 쉽지 않은 시간이었지만, 당시 나는 그 생활을 결코 힘들어하거나 그런 상황에 낙담하지 않았다. 가끔 끼니도 굶고 한 푼 없이 지낼 때도 있었지만 나는 결코 기죽거나 후회하지 않았다. 록 연주자를 꿈꾸다 이른바 '뽕짝'을 연주하고 있다고 해서 어깨에 힘이 빠지지도 않았다. 나는 이렇게 생각했다. 트로트도 잘해야 나중에 내 음악을 잘할 수 있을 거라고. 이것도 다 공부라고. 사람은 환경에 잘 적응해야 하는 법이라고. 오, '미친 긍정'의 위대함이여! 나는 가끔 부산 집에 전화를 걸어 태연하게 부모님의 안부를 물었지만, 어머니의 목소리를 듣는다 해서 돌아가고 싶거나 마음이 약해지지는 않았다. 내가 선택하고 내가 가고자 한 길인데 조금 돌아간다고 후회하는 것은 나답지 않다고 생각했다.

# 바깥세상의 스승들

그다음부터 나의 밤무대 생활은 성장과 발전의 연속이었다. 파죽지세라고 해야 할까, 일사천리라고 해야 할까. 부평의 카바레에서 연주력을 인정받은 나는 인천의 나이트클럽으로, 그리고 마침내 연주인들의 최고 아지트였던 이태원의 크라운호텔 나이트클럽의 세컨드 건반 주자로 옮겨 갈 수 있었다. 그렇게 나는 20대 후반까지 거의 10년 동안 나이트클럽 무대에서 활동했다. 내 20대 전부를 그곳에서 보냈다 해도 지나친 말이 아니다. 만약 누군가가 내게 20대를 어떻게 보냈느냐고 묻는다면 나는 아침부터 새벽까지, 24시간 내내 오직 음악만 했다고 말할 수 있다. 그만큼 앞만 보고 달리며 내가 좋아하는 일에 깊숙이 들어가 나를 온전히 푹 담근 시절이었다.

나는 거의 6개월에 한 번씩 팀을 옮겨 다니면서 음악적 경험을 충실히 쌓아 나갔다. 6개월이라는 시간은 한 팀에서 배울 수 있는 모든 것을 완전히 내 것으로 뽑아 먹을 수 있는 최소한의 시간이었다. 서울의 나이트클럽은 연주 고수들이 모이던 곳이었으므로 어디서든 배울 수 있는 것은 많았다. 20대 초반부터 그 생활을 시작했으니 어떤 밴드에 들어가도 나는 그 팀의 막내보다 열 살 이상 어린 진짜 애송이었다. 선배들은 그런 나를 귀여워하면서 자신들의 노하우를 아 낌없이 전수해 주었다. 선배들과 어울리는 게 좋아서 또래들이 시시 하게 생각된 건지, 너무 음악에만 심취해 여유가 없었던 건지 모르 겠지만, 나는 또래 친구들과는 어울리지 않았다.

연주를 하는 밤과 새벽을 제외하곤 아침부터 이른 저녁까지, 하 루 종일 집에서 음악을 듣거나 레코드점이나 악기점에서 살았다. 잠 도 세 시간 이상 자지 않았다. 대졸 초임 월급이 30만 원이 채 안 되 던 시절, 밤무대 세 곳을 돌며 한 달에 180만 원이 넘는 돈을 버니 주머니가 풍족해졌다. 나는 좀 더 넓은 전셋집을 얻어 그곳을 다양 한 악기와 레코드판으로 채웠다.

그 당시 가장 많이 한 공부는 레코드를 들으며 그 곡을 일일이 분 석하는 것이었다. 이글스, 로드 스튜어트, 딥 퍼플, 핑크 플로이드, 올맨 브라더스 밴드, 레너드 스키너드, 칙 코리아, 크루세이더스, 밥 제임스 등 당대 최고 뮤지션들의 음악을 듣고 드럼, 기타, 베이스, 보 컬, 키보드, 금관악기와 현악기 등 모든 악기를 하나하나 분석하는 공부를 했다. 지금 내 음악의 바탕은 바로 이 공부 덕분에 만들어졌 다고 해도 지나친 말이 아니다. 무려 3000여 곡을 분석해 가며 각 곡 에 사용된 모든 악기를 따로 채보했다. 무조건 많이 듣고 직접 채보 하다 보니 건반 주자인 내가 기타 멜로디까지 다 외우는 단계에 이 르렀다.

나는 지금도 음악을 하겠다는 사람은 이런 공부를 해야 한다고 생각한다. 그래야 어울림을 알 수 있기 때문이다. 각각의 악기가 어떻게 어울리는지, 어느 지점에서 들어가고 나와야 하는지를 알 수 있다. 이러한 공부는 훗날 편곡을 하는 데도 많은 도움이 되었다. 피아노가 중심인 공연을 할 때 어떤 곡은 피아노만으로는 표현하기 어려운 경우가 생긴다. 그런 곡은 다른 시각에서 편곡해야 피아노 하나만으로도 풍성한 소리를 낼 수 있는데, 기타와 드럼 등의 영역을 알지 못하면 결코 접근할 수 없는 일이다. 자신의 영역을 깨야 다른 영역의 소리가 들리며, 다른 영역의 소리가 들려야 자기 소리를 낼 수 있는 법이다. 이것이 예술의 본질이 아닐까 싶다. 자기 목소리가 중요하듯 남의 목소리도 중요하다는 사실을 잊지 않는 것 말이다.

훗날 KBS관현악단에 있을 때 사람들은 종종 내게 질문했다. 어느 대학을 나왔느냐고, 누구에게 사사했느냐고. 나는 대답하곤 했다. 밥 딜런을 사사했으며, 폴 매카트니가 스승이었다고. 결코 치기 어린 답변이 아니었다. 사실 그대로였다. 학교라는 울타리 안의 선생님을 거치지 않았을 뿐, 나는 진정 그들의 명곡을 통해 그들에게서 음악을 배웠다. 어느 대학에서 배웠고 누구를 사사했는지는 별로 중요하지 않다. 이 바깥세상에도 정말 좋은 스승이 너무나 많기 때문이다. 다시 강조하지만 어디에서 누구에게 배우느냐는 중요하지 않다. 배우는 사람이 어떻게 중심을 잡느냐가 중요하다. 나는 이것이 교육의 본질이 되어야 한다고 생각한다.

전남 담양

밤무대 활동을 그만둔 것은 서른 살 즈음이었다. 어느덧 10년의 경력. 나를 찾는 곳은 더 많아졌고 생활도 더 없이 안정되었다. 그런데 어느 순간 이런 생활에 익숙해져 무료하게 세월을 보내고 있는 나를 발견했고, 그 모습이 견디기 어려웠다. 안정적인 생활은 종종 정신을 가두곤 한다. 나는 무의미하게 연주를 반복하며 통장의 잔고만 불리는 일이 더는 내 삶에 도움이 되지 않을 것 같다는 생각이 들었다. 나는 더 자유로운 삶을 살 필요를 느꼈고, 늘 그래왔듯 생각이 들자마자 곧바로 실행에 옮겼다. 음악 친구들의 소개로 영역을 넓혀 세션 활동을 병행했던 나는, 밤무대를 떠나는 대신 가끔 가수들의 음반제작에 연주자로 참여하며 또 다른 길을 모색했다.

새로운 길에 대한 고민은 이번에도 길게 하지 않았다. 얼마 지나지 않아 나는 한 유명 악단의 건반 주자로 입단했다. 이미자, 패티김, 남진 등 한 시대를 풍미한 가수들을 전담하던 당대 최고의 악단, 바로 '박춘석 악단'이었다. 악단에 입단한 것 역시 전적으로 그 생활에 대한 호기심 때문이었다. 나는 뭔가 새로운 것을 접하고 싶었다. 또 밤무대 밴드는 적게는 4~5명, 많아도 7~8명을 넘지 않았는데, 40명 가까운 연주자들의 합주는 과연 어떤 느낌이 들지 궁금했다.

그때 독학으로 배운 아코디언은 내 음악 인생에 큰 도움이 되었다. 어느 곡인지 정확히 기억나지는 않지만 이미자 선생님의 노래였던 것 같다. 전주와 간주 부분에 흘러나오는 아코디언 소리가 내 가슴을 때렸다. 그 후 나는 악단에 있던 아코디언을 어깨에 멨다. 나는 연주의 가장 중요한 테크닉이 '호흡'이라고 생각한다. 화려한 기법이 아니라, 보이지 않고 들리지 않는 호흡을 통해서만 최고의 소리를 낼 수 있다고 믿는다. 그런 의미에서 아코디언은 나와 궁합이 잘 맞는 악기이다. 바람으로 소리를 내는 악기인 아코디언이야말로 호흡을 실어 감동의 요소를 만들어 내는, 그러니까 사람의 호흡이 가장 중요한 역할을 하는 악기이기 때문이다.

연주에서 호흡을 중요하게 생각하게 된 계기는 NHK를 즐겨보던 청소년 시절로 거슬러 올라간다. 엘튼 존이나 빌리 조엘의 피아노 연주 모습을 유심히 관찰하고 그들의 연주를 따라 하면서 나는 한 가지 의구심에 사로잡혔다. 만약 내가 서양 아이들과 함께 피아노를 연주한다면, 과연 그들의 파워풀한 연주를 당해 낼 재간이 있을까? 내가 어른이 되더라도 잘해야 176센티미터에 65킬로그램을 넘기 어려울 텐데, 180~190센티미터를 훌쩍 넘고 체중도 80킬로그램은 족히 넘어 보이는 그들의 파워와 어떻게 겨룰 수 있을까? 피아노는 확실히 힘을 바탕으로 하는 악기이기 때문이다. 그렇다면 나는 어떻게 힘을 주어야 할까? 또 어떻게 해야 효과적으로 힘을 줄 수 있을까 하는 문제를 고민하곤 했다. 그래서 파워를 기르기 위해 수많은 방법으로 피아노를 쳐 보았다. 그리고 어느 순간 나름대로 깨달은 해답이 바로 '호흡'이었다.

나는 피아노를 칠 때 가급적 숨을 덜 쉬고 덜 내뱉는다. 숨을 덜 쉬고 덜 내뱉는다는 것은 그만큼 에너지가 축적된다는 뜻이다. 숨을 덜 쉴수록 배꼽 아랫부분, 단전에 힘이 모이고 그것으로 피아노 건반에 힘을 집중할 수 있다. 나는 오랜 세월 이러한 훈련을 몸에 익혔는데, 실제로 미국 투어 때 미국 사람들이 내 피아노의 파워를 보고 무척 놀라워했다.

서른 살이 넘은 어느 시점부터는 내 피아노 소리에 또 다른 의구심을 가지게 되었다. 좀 더 깊고 슬픈 소리를 내고 싶은데 해답을 찾지 못했던 것이다. 연습량을 늘리고, 같은 곡을 수백 번씩 들어도 답이 나오지 않았다. 답을 찾지 못할 때의 방법은 하나, 처음으로 되돌아가 보는 것이다. 나는 피아노를 처음 배우듯 한 음 한 음 건반을 다시 누르기 시작했다. 그때 연습한 곡이 바로 존 레논의 '이매진(Imagine)'이었다. 코드도 단순하고, 멜로디도 쉽고, 별다른 테크닉도 없는 노래를 나는 꼬박 5년 동안 연습했다. 일정한 템포와 간격을 유지하며 힘을 최대한 빼면서도 깊은 음을 내야 했다. 내 몸에 힘을 실으면서도 또 힘을 빼야 했고 손이 아니라 몸으로, 그리고 호흡으로 힘을 조절해야 했다. 연습을 시작하고 얼마 지나지 않아 어렴풋이 그 방법을 느낄 수 있었다. 하지만 깨닫는 것과 그것을 완전히 내 것으로 만드는 것은 별개의 일이었다. 역시 몇 번의 연습으로 해결할 수 있는 문제가 아니었다. 나는 틈이 날 때마다 내 소리에 만족할 때까지 '이매진'을 연주했다.

그렇게 5년이 지나자 비로소 피아노에 내 몸을 실을 수 있었고, 그 흐름을 자유롭게 탈 수 있었다. 음악 연주의 깊이는 테크닉을 얼마나 현란하게 구사하느냐가 아니라 자신의 혼을 얼마나 담느냐에 달려 있다. 피아노 건반에 힘을 모으는 방식과 모양만 해도 사람마다 다를 수밖에 없다. 정답이란 게 없을 수밖에 없다는 생각이다. 예술은 원래 그렇다. 예술은 영혼을 담는 것이고, 그런 과정을 통해 삶과 연결되는 것이므로 누군가가 가르쳐 주고 말고 할 정답이 있을 수 없다. 그러므로 많은 이의 가슴을 움직이는 것이라면 모두 답이 될 수 있다. 그것이 바로 예술의 시작이다.

나의 음악 활동은 다른 연주자와는 조금 달랐다. 보통 연주자들은 특정한 장르만 연주하거나 특정한 환경에서만 활동한다. 예를 들면, 재즈면 재즈, 록이면 록, 악단이면 악단, 밴드면 밴드, 이런 식이다. 나는 장르와 영역을 넘나드는 몇 안 되는 연주자 중 한 명이었다. 마치 오늘은 트로트 가수, 내일은 힙합 가수, 모레는 록 밴드와 일하는 식이다. 나는 어릴 때부터 장르 구분을 좋아하지 않았다. 베토벤, 바흐도 좋아했지만 레드 제플린, 비틀스, 핑크 플로이드도 사랑했고, 아프리카 민속음악도 들었다. 어릴 때부터 다양한 음악을 들은 덕분인지 나는 별 무리 없이 다양한 환경의 무대에 적응할 수 있었다.

여러 악단을 거치며 경험한 연주 생활은 즐거웠다. 선배들과 함께하는 연주는 배울 것이 많았고, 새롭게 배우는 악기들은 음악 편성에 대한 시각을 넓혀 주었다. 그러면서 나는 자연스럽게 오케스트라 연주를 경험해야겠다는 생각을 하게 되었다. 때마침 KBS라디오 관현악단에서 건반 주자를 뽑는다는 소식을 접했다. 10여 명이 지원한 이 시험에서 내가 최종 합격된 까닭은 딱히 설명하기 어렵다. KBS관현악단은 정년이 보장되는, 연주인에게는 꽤나 훌륭한 직장으로, 지금도 많은 음대생이 현실적인 목표로 삼는 곳 중 하나일 것이다. 음대는 근처에도 가보지 않았고, 유학과는 더더욱 거리가 멀었지만 그래도 나는 이끌리는 대로 오디션을 하고 면접을 보았다.

직접 접해 보니 관현악단에서 필요로 하는 최고의 조건은 악보를 잘 봐야 하는 것이었다. 어떤 악보라도 보편적으로 해석해서 연주할 수 있어야 했다. 당시 KBS관현악단을 이끌던 지휘자는 내게서 그런 장점을 보았던 것일까. 나는 나를 제외한 연주 엘리트들을 제치고 한국방송공사에 적을 두게 되었다. 그때 내 나이 30대 초반이었다. 방송이 있을 때마다 나가서 연주를 하고 그것을 통해 음악적 지식과 혜안을 넓히는, 이전과 하나도 다르지 않은 생활이 이어졌다. 그리고 안정적이라는 것만 제외하면 수입 면에서조차 별반 달라진 것이 없었다. 그럼에도 'KBS'라는 간판의 위력은 종종 나를 당황케 했다. 이전의 나를 '딴따라' 쯤으로 바라보던 시선이 KBS라는 타이틀 앞에서 '연주인'으로 인정해 주는 분위기로 바뀐 것이다. 수입의 상당 부분을 악기와 음반 구입에 쓰는 나의 소비 패턴 역시 '무분별함'에서 '열정'이나 '투자'로 바뀌어 해석되었다.

나에 대한 평가가 크게 바뀐 대표적인 사람은 바로 부모님이었다. 서울로 가출한 후 이따금 연락을 드렸지만 마주할 기회는 거의 없었다. 나는 나대로 바빴고, 부모님은 삐뚤어진(?) 길을 걷는 아들이 못마땅하면서도 그 걱정에 하루도 편치 않으셨을 것이다. KBS관현악단은 그런 부모님과 나 사이의 간극을 좁히는 계기로 작용했다. KBS관현악단에 들어간 후, 10여 년 만에 처음으로 부모님과 식사를 하는 자리까지 마련하게 되었다. 부모님은 비로소 막내아들의 길을 인정해 주시는 듯했다. 함께 식사하는 것은 그런 인정의 의미였다. 물론 부모님의 그런 심정이 이해되지 않는 것은 아니었다. 오로지 아들이 잘되기를 바랐던 두 분에게 KBS라는 타이틀은 그 기대감을 만족시키기에 충분한 이름이었으니 말이다.

하지만 의아심이 드는 건 어쩔 수 없었다. 나는 KBS관현악단에 입단하기 전이나 후나 달라진 게 없었다. 오직 '음악'을 했을 뿐이며, 가치와 열정도 달라지지 않았다. 그런데 나를 바라보는 주위 사람들의 시선은 달라졌다. 무척 답답하고 짜증이 났지만 어쩔 도리가 없었다. '사회란 이런 것이구나.' 그저 허탈할 뿐이었다. 나는 그런 편견과 관념에 또 한 번 큰 불편을 느꼈다. 아마 부모님은 이렇게 생각하셨을 것이다. 이제야 막내아들이 정신을 차린 거라고, 더는 방황하지 않고 남들처럼 안정적인 삶을 살 거라고. 하지만 KBS관현악단 시절은 내 인생에서 어쩌면 가장 무료하고 즐겁지 못한 시간이었다.

4년 후, 나는 남들의 기준에서 내 인생 최고의 직장이었던 그곳을 나오게 된다. 안정적인 직장을 포기한 대가로 나는 엄청난 시련의 파도를 넘어 오늘에 이른다. 하지만 자신 있게 말할 수 있다. 그 시련과 고통은 나를 성장시킨 인생의 자산이었다고, 그 덕분에 11시 30분 방향에서 반짝이는 새로운 빛을 보았던 거라고. 내가 찾던 빛이 적어도 관현악단에는 없었다. 인생은 현재의 위치에선 결코 알 수 없는 긴 항해이다. 그렇기에 안주하지 말고 늘 나아가며 도전해야 한다. 지금 내가 이렇게 확실히 알고 있는 것을 그때 나는 차근차근 배워 나가고 있었다. 분명 그랬다.

PART 2

# 새로운 출발

내 나이 마흔 살에 나는 프리랜서 일을 그만두었다.
그리고 기존의 환경과 질서에서 벗어난 새로운 출발선상에 섰다.

# 완전한 비움

홍대 앞 거리는 늘 분주했다. 사람들은 빠르거나 느리거나 어쨌든 움직였고, 웃거나 떠들거나 어쨌든 반응했다. 상점들은 진열대를 정돈하고 음악을 틀고 손님을 맞았다. 자동차들은 기계음을 내며 바쁘게 달리거나 신호를 기다리거나 주차 장소를 찾아 빙빙 돌았다. 멈춰 버린 것은 하나도 없었다. 살아 있으므로, 잠시 멈추었다 해도 그것은 생각하거나 기다리거나 그럴 때뿐이라는 사실을, 나는 알고 있었다.

홍대 근처, 보증금 없이 월세 20만 원을 내는 두 평짜리 사무실 겸 숙소에서 나는 늘 그 살아 있는 소리들을 느꼈다. 암울한 나의 공간에 누워 멍하니 담배를 물고 있을 때도 그 소리들은 바쁘게 살아 움직였다. 주머니는 텅 비어 있었다. 나는 '일'을 하지 않았다. 일을 하지 않았으므로 수입이 없었다. 통장 잔고가 바닥을 드러낸 지 오래 되었다. 내 나이 마흔 살, 나의 삶을 본격적으로 펼칠 때가 되었는데 지금까지 해 오던 일을 하지 않겠다는 극단적인 선택을 한 것이다.

평생 세션 일에 만족하며 살 수는 없었다. 나는 알고 있었다. 하던 일을 계속한다면 나 또한 선배들과 같은 길을 걸을 수밖에 없다는 것을. 시간이 갈수록, 나이가 들수록 내가 움직일 수 있는 환경은 좁아진다는 것을 너무나 잘 알고 있었다. 결국은 이런 일을 하려고 어릴 때부터 그렇게 꿈을 꾸고 그토록 노력했나, 후회만 하는 인생이 될 게 뻔했다.

지금까지 하던 일을 하지 않겠다는 선언은 오랜 생각 끝에 내린 확고한 결심의 표현이었다. 당시 음악 분야에서 많은 일을 하던 내가 일을 안 하겠다고 하니 동료들은 대부분 말렸다. 십 수 년 해 오던 일이라 쉽게 끊을 수도 없을 거라고 했다. 그렇지만 나는 '바로 지금'이라고 생각한 시점에서 단호히 결단을 내렸다. 그런데 몇몇 동료에게만 알렸을 뿐 동네방네 소문내고 다닌 것도 아닌데, 그만해야겠다는 결심을 하자마자 더는 일을 하지 못하는 상황이 찾아왔다. 그 많던 일이 뚝 끊어진 것이다.

지인들은 나를 이해하지 못했다. 세션과 편곡으로, 유명가수의 연주자로 내가 벌어들이는 수입이 어마어마했기 때문이다. 그 나이에 돈을 벌지 않으면 어떻게 하느냐? 그러지 말고 다시 일을 해라. 대부분 근심 어린 말로 내 맘을 돌리려 애썼다. 분명 힘든 시간이었다. 잘나가던 내가 일을 그만둔 지 얼마 지나지 않아 두 평짜리 사무실에서 2500원짜리 야채비빔밥 한 끼만으로 하루를 버티고 있었으니…. 어느 누구라도 쉽게 이해할 수 없는 모습이었을 것이다. 좁은 사무실, 찬 바닥에서 잠을 자야 하는 기막힌 현실. 한기와 배고픔보다 정신적인 공허함이 더 컸다. 하루도 빼놓지 않고 밤낮으로 일했던 내가, 하루하루를 무료하게 보내고 있었다. 내 나이 마흔 살에.

이해할 수 없고 동의하지 않을 수도 있겠지만 그것이 나의 방법이었다. 새롭게 출발하려면 기존의 환경과 질서에서 철저히 벗어나야 한다고 생각했다. 완전히 '제로'에서 다시 시작하게 되더라도 말이다. 절박하지 않고서야 어떻게 기존의 환경과 결별할 수 있겠는가. 기존의 환경을 완전히 벗어났는데 어찌 고통의 시간 없이 다음 단계로 나아갈 수 있겠는가. 그것은 어쩔 수 없는 통과의례였고 감내해야 할 시간이었다. 야구에서 2루로 가려면 반드시 1루를 거쳐야 한다. 1루에 머물러 있으면 안전하지만 그뿐이다. 모험을 하지 않고서는 2루에 발을 디딜 수도, 3루를 돌아 점수를 낼 수도 없다. 점수를 내려면 발을 떼야 하고 2루, 3루로 뛰는 도중 아웃을 당할 위험까지도 기꺼이 즐겨야 한다. 이것이 나의 계산법이고 나의 스타일이다. 나는 나를 절벽 끝으로 몰아갔다.

'일'을 정리하기 시작한 것은 2002년 무렵부터였다. 1990년대 초, 만 4년 만에 KBS관현악단을 그만두고 나온 후 나는 약 10년의 세월을 프리랜스 연주인으로 살았다. 물론 그 10년 동안에 많은 일이 있었다. 음반 세션과 공연 세션, 공연 프로듀싱, 편곡 등 다양한 분야에서 지속적으로 활동하며 인정을 받았다. 이미자, 남진, 주현미, 패티김, 나훈아 등 국가대표급 가수에서 신인가수에 이르기까지 나의 활동 무대는 넓었다. 특히 라이브 음악 프로듀싱은 내게 큰 의미가 있는 일이었다. 음반 녹음 현장과 달리 관객과 교감을 형성할 수 있었고, 무대에서 쇼가 펼쳐지는 까닭에 나도 땀을 흘리며 공연을 즐길 수 있었다.

1990년대 중반부터 종종 맡은 공연 프로듀싱은 나의 음악적 발전에도 크게 기여했다. 밴드와 악단에서 오랜 경력을 쌓은 나는 좀 더 직접적으로 관객과 소통하는 방법에 대해 늘 고민해 왔는데, 그런 고민 끝에 새로운 무대를 연출하는 역량을 발휘할 수 있었다. 곡의 특성을 극대화하는 동시에, 관객의 호흡까지 생각하고 조절하는 편곡은 다른 가수들의 공연에 수백 회 참여하며 얻은 연출 노하우였다. 그중 기억에 많이 남는 가수가 T(윤미래)이다. 당시엔 힙합가수가 MR(Music Recorded)와 라이브 밴드를 섞어 공연하는 것이 드물던 때였다. 나는 힙합에 아코디언까지 섞어 신선한 시도를 했다. 관객의 반응이 엄청났다. 아마 그 무대가 나에게 자극을 준 것 같다. 이 무대가 나의 것이었으면, 내 이름을 걸고 하는 나의 공연이었으면….

나의 음악 생활은 사람들 사이에 놓인 공고한 벽을 어떻게 부수거나 뛰어넘어야 하는가에 대한 많은 고민도 안겨 주었다. 이 세상에는 인맥 시스템이란 것이 있는데, 이는 대부분 혈연이나 지연, 학연으로 이루어진다. 음악계도 예외가 아니어서 일종의 라인이 존재했다. 즉, 어느 팀에 속하고 싶어도 라인을 타지 못하면 결코 그 팀에 들어갈 수 없다. 나로 말할 것 같으면, 지방 출신에다 학연마저 빈약한 무명의 음악가이지 않은가. 좋은 팀에 들어가는 것이 결코 쉽지 않은 상황이었다.

많은 시간을 선배, 동료들과 친교를 쌓는 데 쏟았지만 내가 들어가고 싶은 팀에는 결코 들어갈 수 없었다. 그래서 고민 끝에 내가 내린 결론은 좋은 팀에 들어갈 수 없으니 내가 그 팀을 만들자는 것이었다. 기존의 시스템에 들어갈 수 없으니, 내가 그 시스템을 만들자는 것이었다. 처음에는 힘이 들겠지만 계속 노력하며 좋은 음악을 만들면 충분히 가능하다고 생각했다. 함께하고 싶은 사람들이 있다면, 그들에게 다가가는 방법도 있지만 내가 환경을 만들어 그들을 모셔 오는 방법도 있지 않은가. 전자는 구성원으로 팀에 합류하는 것이지만 후자는 내가 리더가 되는 것 아닌가. 생각만 조금 달리하면 언제나 길이 열리고, 내가 서는 위치도 달라지는 법이다. 나는 조금 더 주도적으로 음악을 하고 싶었다.

오랫동안 밴드와 악단에서 쌓은 경험은 관객과 소통하는 공연장에서
새로운 무대를 연출할 수 있는 노하우와 자신감을 가져다주었다.

# 첫 앨범, 세상과의 만남

　그런 과정을 거쳐 2002년, 나의 첫 번째 음반 〈기다림도 사랑이야〉가 탄생했다. 음반이 나왔을 때의 기쁨은 지구상의 모든 언어를 동원해도 표현하기 부족할 정도였다. 사실 20대 중반에 유명 기획사에서 음반을 낼 수 있는 기회를 스스로 버린 적이 있다. 시기는 훨씬 더 늦어졌지만 내가 직접 제작한 음반이기에 말로 표현할 수 없이 기뻤다. 이것은 분명 음악인으로서 하나의 발자국을 남기는 일이었다. 하지만 문제는 음반 발매 이후였다. 음반 발매는 끝이 아니라 시작이었다. 내가 나의 음악을 만들었다고 해서, 새로운 콘텐츠를 생산했다고 해서 크게 달라지는 것은 없었다. '윤효간'이라는 음악인이 새 음반을 냈다는 사실은 세상에 알리지 않으면 아무도 알지 못했다.

　음반을 발매할 즈음 고민을 많이 했다. 음반 기획사의 문을 두드리지 않고 굳이 직접 레이블(음반회사)을 만들어 앨범을 제작한 가장 큰 이유는, 내가 내 음악의 주인이 되고 싶어서였다. 유행과 상업적 기준을 앞세우는 타인에게 내 음악을 침해받고 싶지 않아서였다. 기존의 시스템이나 여타의 힘에 내 음악적 생존을 맡기고 싶지 않았

다. 자존심 때문이기도 했고 경쟁력을 확보하려는 판단 때문이기도
했다.

하지만 혼자 힘으로 음반을 제작하고 보니 소개하고 알리는 것부
터 쉽지 않았다. 먼저 방송 홍보를 생각했다. 텔레비전이나 라디오
음악담당 프로듀서를 찾아가 음반을 건네며 나를 알려야 하나? 그러
고 싶지 않았다. 노래 한 곡 알리기 위해 방송 관계자를 찾아가는 것
부터가 낯부끄럽게 느껴졌다. 언론 매체를 이용하는 방법 또한 다르
지 않았다. 특별한 이슈 없이는 언론의 관심을 끌어내기도 어려웠다.
그 무렵 나는 자존심이 무척이나 셌고 음악 세계 이외에는 너무도
세상을 몰랐다.


물론 이는 엄연히 나만의 생각이고 판단이다. 음악 프로듀서들을
찾아다니며 알리는 노력, 언론에 소개되기 위해 들이는 수고는 결코
헛된 일이거나 시간 낭비가 아니다. 분명 음악을 알리기 위한 가장
빠르고 현명한 방법의 하나다. 만약 내가 20대 초반에 첫 음반을 냈
다면 나의 행보 역시 다르지 않았을 것이다. 하지만 당시 내 나이 마
흔이었다. 그 음반은 고등학교 3학년 말에 서울로 가출한 이후 20여
년간 이어온 내 삶의 중요한 결실이었다. 그만큼 나의 꿈과 심혈을
쏟아 부은 음반이었다. 그것을 알아 달라고 여기저기 부탁하러 다녀
야 하는 게 싫었을 뿐이다.

다른 방법을 고민하다가 음반으로 나를 알리기 위해 조급해지지

말자는 결론에 이르렀다. 나답지 않은 행동으로 얼마나 멀리 갈 수 있을까? 이런 의구심은 가장 나다운 방법으로 멀리 나아갈 것을 스스로에게 명령했다. 당장의 성과에 연연하기보다는 세션맨이 아닌 본격적인 음악가로서 '윤효간'이라는 브랜드를 앞으로 어떻게 가져가는 게 나을지, 더 고민해 보기로 한 것이다. 그 뒤 연세대학교 100주년 기념관에서 음반에 수록된 곡 위주로 한 차례 공연을 하면서 나는 음반과 관련된 모든 고민을 정리했다. 노래가 담긴 음반을 냈지만, 나는 가수라는 생각을 하지 않았다.

무대 위에서 음악을 하는 아티스트이기를 바랐다. 앞으로 나의 음악을 어떻게 세상과 같이 호흡하게 할 것인가? 이러한 문제의식은 기존의 음반 유통 질서와 다른, 새로운 판매방식을 개발하는 계기를 마련해 주었다.

피아노 - 장승효 作 'BLESS US' - WINTER

# 31일, 윤효간 밴드 콘서트

2002년 11월, 대학로에서 열린 콘서트 〈윤효간 Band & 31 Concert〉는 내 음악 인생에서 매우 중요한 전환점이 되었다. 개인 아티스트에서 공연 기획 및 제작자로 변신하여 무대에 오른 첫 번째 공연이었기 때문이다.

내가 굳이 직접 제작자로 나선 데는 나름의 이유가 있었다. 우리나라 대중음악 공연은 가수의 공연이다. 조금 심하게 말하면, 가수가 존재해야 연주자가 무대에 설 수 있는 시스템이다. 그런 관행을 바꾸고 싶었다. 연주자가 무대를 마련하고 가수를 초청하는 방식, 가수와 연주자가 똑같이 주인공이 되는 공연을 정립하겠다는 포부를 품은 것이다. 그 첫걸음으로 31일간의 공연을 구상했다. 공연 제목의 '31'은 당연히 날짜를 의미한다. 31일 동안 하루도 빠짐없이 공연을 펼치겠다는 약속이다. 나의 장기 공연 습성은 이때 생겼다.

그때나 지금이나 나는 1년에 한두 차례 하는 공연은 생각해 본 적도 없다. 무조건 많이 해야 한다고 생각한다. 즉, 안 하는 것보다 하는 것이, 기왕 할 바에야 많이 하는 것이 낫다고 믿는다. 무대는 내가 온전히 나일 수 있는 유일한 공간이기 때문이다. 물고기가 물을 만난 것처럼, 공연을 하면 할수록 나는 숨통이 트이고 에너지를 얻는다. 하지만 대중음악 가수가 장기 공연을 하는 사례가 많지 않아 공연장을 구하는 데 어려움을 겪어야 했다. 간신히 대학로에 새로 지은 소극장 하나를 발견했는데, 연극 전용극장으로 설계된 곳이라 무대와 객석 간의 거리가 짧았다. 그런데 오히려 그것이 장점이 되겠다는 생각이 들었다.

우리 밴드는 31일 동안 총 10명의 실력 있는 가수를 각각 3일에서 4일씩 초대해 콘서트를 열었다. 가수로서도 소극장 공연은 부담이 적지 않은 만큼 실력파 가수여야 했고, 우리와 뜻이 맞아야 했다. '사랑의 썰물'을 부른 임지훈, '비오는 거리'의 이승훈, 상송가수 이미배, '마리'의 김신우 등 제각기 실력과 개성을 갖춘 가수들을 3일 간격으로 릴레이 무대에 올렸다. 방송에서 자주 볼 수는 없어도 '진짜' 노래를 하는 가수들이었고, 마니아층이 두터운 가수들이었다. 그 덕분에 관객을 동원하는 데 큰 어려움은 없었다.

한 가수가 적어도 15곡의 노래를 준비했으므로 우리는 이 공연을 위해 무려 150곡 이상의 곡목을 편곡하고 연주해야 했다. 당연히 엄청난 양의 연습이 뒤따라야 했고 24시간을 48시간처럼, 밤낮없이, 연습에 연습을 거듭하는 길밖에 없었다. 힘들긴 해도 밴드의 역량을 한껏 높일 수 있는 좋은 기회이기도 했다. 한 달에 몇 차례 가수의

무대는 내가 온전히 나일 수 있는 유일한 공간이다.
물고기가 물을 만난 것처럼, 공연을 하면 할수록 나는 숨통이 트이고 에너지를 얻는다.

콘서트 무대에 참여하고 나머지 이십여 일을 쉬면서 음악을 하면, 몸도 마음도 그러한 사이클에 맞춰진다. 몸이 게을러지는 것은 둘째 치고, 음악인이 갖추어야 할 열정과 에너지까지 약해지기 십상이다.

나는 항상 밴드 멤버들을 혹독할 정도로 채근하며 잠시라도 손에서 음악을 놓지 못하게 했다. 연습에서 공연까지 두 달이 넘는 시간을 거치며 밴드 멤버들의 실력은 일취월장했다. 든든한 일당 백 병사들을 얻었으니, 이제는 더 큰 전장으로 나가도 되겠다는 생각이 들 정도였다. 멤버들은 하나둘 몸살을 앓으며 힘들어 하면서도 재미와 보람을 느낀다고 입을 모았다. 나중에 또 한 번 하자고도 했다. 그런데 나는 '나중'이란 말을 싫어하는 성격이다. 기세를 몰아 바로 다음 전장으로 나가길 바랐다.

하지만 멤버들의 생각은 약간 달랐다. 체력과 경제력, 가정생활 등의 이유로 일단은 좀 쉬기를 원했다. 31일간의 공연을 마쳤지만 수익이 거의 없었던 탓도 컸다. 열정만 가지고 음악을 하기에는 멤버들의 나이와 체력, 환경이 따라주지 않았다. 그들은 이런저런 이유를 들어 오히려 나를 설득했다. "형, 나이도 생각해야죠. 애들만 없어도 하죠. 지금은 힘들어요." 가수들 공연에 참여하면 보통 한 달에 300~400만 원은 보장받을 수 있었기에 새로운 도전에 나서길 꺼려했다. 이 공연이 좋은 건 알겠는데 더는 그럴 만한 형편이 아니라는 것이었다.

그들의 합리적인 판단은 내게 극단적인 조치를 내리게 만들었다. 31일간의 공연이 끝나자마자 나는 팀을 해체했다. 열정과 도전정신이 없는 동지들은 필요 없다는, 단순명료한 결정이었다. 지금도 나는 같은 생각이다. 어떠한 일이든 매달 받는 월급이 아쉬워 도전을 하지 않거나 열정을 놓는다면, 오래가지 않아 그 돈도 벌지 못하게 될 때가 올 것이다. 또 삼십대 후반, 사십대 초반의 나이가 많다고 생각하면, 오십대도 안 돼서 더는 일하고 싶어도 찾아 주는 곳이 없게 될 것이다. 당장의 형편도 중요하지만, 더 멋진 가장이 되고 더 나은 가정을 만들기 위해선 잠시 고통을 인내할 필요가 있다. 그러한 고생은 빨리 시작하면 할수록 짧게 끝나고, 오래 걸리면 걸릴수록 그 빛은 평생 갈 거라고 믿는다. 아쉬웠지만 나는 멤버 각자의 삶을 존중하지 않을 수 없었다. 내 신념이 아무리 확고하다 해도, 타인의 신념 역시 중요하니까. 또 내 선택을 존중받으려면, 먼저 다른 사람의 선택을 존중해야 하니까.

# 풍금이 흐르는 교실

 음반 제작과 공연, 밴드 해체 등으로 2002년을 정신없이 보내고 2003년을 맞이하자 나는 다시 혼자가 되었다. 젊은 친구들로 새 밴드를 구성해 홍대 클럽에서 한 달에 한 번씩 공연을 하기는 했다. 홍대 클럽 역시 신선한 무대였다. 하고 싶던 록 음악을 시원하게 퍼부으며 새로운 추억을 쌓았다. 그렇게 6개월, 재미는 있었지만 오래 끌고 갈 수는 없었다. 새로운 일이 필요했다. 뭔가 새로우면서도 수익을 창출할 수 있는 그런 일, 그게 과연 무엇일까? 고민의 시간이 생각보다 길어졌다.

 무대에 서지 못한 채 고민만 하는 일상은 내 삶을 절망의 나락으로 몰아갔다. 이게 끝인가? 열정과 재능, 에너지가 넘치는 내가 그것을 발산할 곳을 찾지 못하는 현실, 무대가 없는 날개 꺾인 아티스트, 정녕 지금 이 모습이 끝이란 말인가…. 그것마저 끝이 아니었다. 끝은 끝을 모르고 계속 찾아왔다. 더는 내려갈 곳이 없을 것 같은 바닥에서도 내리막길이 또 있었다. 신의 뜻을 묻고 또 묻고, 늘 허공을 보며 찾아지지 않는 해답을 찾으려 아무 일도 하지 못한 채 시간을 보냈다. 열정이 살아 있다고 해서 열정을 쏟아낼 곳이 그냥 만들어지는 것은 아니었다. 가만히 있으면 세상은 달라지지 않았다.

하루하루 고통스러운 시간을 보내던 어느 날, 머릿속에 불현듯 하나의 멜로디가 스쳐 갔다. "엄마야 누나야 강변 살자…." 나도 모르게 동요를 흥얼거리고 있었다. 눈물이 났다. 가슴 저리는 고통을 하나하나 노랫말에 실어 보냈다. 갑자기 가슴이 뛰기 시작했다. 내가 동요 멜로디에 마음을 달래고 있다니! 나는 위로받고 있었다. 마지막 호흡이 꺼져 가는 순간에 다시 뛰기 시작한 심장박동처럼, 어떤 희망이 내 가슴에 들어오는 것 같았다. 그리고 기적처럼 멜로디 한 줄이 떠올랐다. 급히 악보에 옮겨 적었다. 한 줄의 멜로디를 이어나가 불과 10여 분 만에 곡 하나를 완성했다. 그 곡이 바로 내가 쓴 동요 '풍금이 흐르는 교실'이다.

뛰는 가슴으로 곡을 완성하자마자 매니저를 불러 허밍으로 들려주었다. "어때?" "와! 좋아요. 멜로디가 참 예뻐요. 근데 이걸 직접 작곡했어요? 이런 곡을?" 나는 동요라고 말했다. 매니저는 동요라는 말에, 더욱이 내가 동요를 작곡했다는 사실에 놀라워했다. 당연했다. 나도 놀랐으니까. 그런데 내가 동요 음반을 내겠다고 하자 기겁하면서 말렸다. "그러지 말고 나중에 연주 앨범 낼 때 넣으면 어때요. 동요 앨범을 누가 사요?" "아니야. 가사도 붙일 거고, 제대로 앨범도 만들 거야."

나는 확신할 수 있었다. 내가 받은 위안과 감동을 다른 사람들도 받을 수 있을 거라고. 아니 꼭 그렇게 해 주고 싶었다. 어른이 듣는 동요 클래식. 마음이 외로운 사람, 희망이 보이지 않는다고 생각하는 사람들을 위로해 줄 음악, 누군가의 가슴을 다시 뛰게 할 그런 음악을 만들고 싶었다.

　나는 당장에 아는 녹음 스튜디오를 찾아갔다. 아무리 막역한 사이라도 비용을 지불하고 녹음을 해야 하는데, 일단 찾아갔다. 동요를 편곡해서 연주 앨범을 내고 싶다고 했더니, 다행히 '형이 하는 음악이라면 언제든지 환영'이라고 했다. 돈은 되는 대로 틈틈이 지불하기로 하고 당장 녹음 스케줄을 잡았다.

　그사이 '오빠생각', '따오기', '섬집아기' 등 좋은 곡을 선곡해서 어른이 듣고 온 가족이 함께 듣고 외국인들도 좋아할 수 있도록 편곡을 했다. 가슴 뛰는 일을 하니 편곡도 며칠 안 걸려 완성되었다. 이후 약 1년을 동요 연주 앨범을 녹음하는 데 바쳤다. 불과 얼마 전까지만 해도 록 음악으로 무대를 누비던 내가 동요를 하다니! 물론 동요 연주자로 탈바꿈하려는 것은 아니었지만, 그 시도 자체가 엉뚱한 발상이었다.

　삶도 음악도 때로는 전혀 알 수 없는 엉뚱한 길로 전개될 때가 있다. 내가 계획하고 주도하며 자만할 수 있는 게 아닌, 마치 누군가의 손에 이끌려 가는 어린아이처럼, 전혀 예상치 못한 일을 하게 될 때가 있다. 그리고 거기서 답을 찾기도 한다. 나는 록도 하고, 클래식도 하고, 트로트도 하고, 동요도 할 것이라고 선언하고, 한동안은 동요 연주에 매달려 지냈다. 녹음하는 사이 간간이 돈을 벌어 다른 연주자들 녹음 비용을 댔고, 돈이 없으면 잠시 녹음을 쉬고 다시 돈이 생길 때까지 기다렸다. 그런 과정을 반복하느라 1년이 걸렸다. 다 만들어 놓고 음반재킷 제작비가 없어 한동안 녹음실에 묵혀 둔 기간까지 포함해서다. 다행히 내가 인생을 헛살진 않았는지 주변에서 많이 도와주었다. 녹음실 기사들과 많은 연주인이 실비만 받고 기꺼이 제작에 참여했으며, 연주를 기부해 준 이도 있었다. 나뿐 아니라 많은 지인이 이 앨범에 열정을 쏟았다.

시작하던 무렵에는 왜 동요 앨범에 좋은 녹음 스튜디오와 최고의 세션을 고집하며 그렇게 공을 들이느냐고들 의아해했다. 그런데 녹음을 하며 음악을 완성해 가는 과정을 지켜보면서 다들 진심어린 박수를 쳐 주었다. 이렇게 좋은 음악이 될 줄 몰랐단다. 외롭던 마음으로 시작해 온 마음과 혼을 담아 오랜 시간 애정을 쏟은 앨범. '우리'는 그 앨범의 제목을 〈풍금이 흐르는 교실〉이라고 지었다. '풍금'과 '교실'과 '흐르는'을 지은 이가 모두 다르기 때문에 '우리'라는 표현을 썼다. 그런데 시간이 오래 지나고 나니, 저마다 자기 혼자 지었다고 우긴다. 그럴 때마다 나는 큰소리로 깔끔하게 정리한다. 다 내가 지었노라고.


〈풍금이 흐르는 교실〉을 만드는 동안 나는 큰 변화를 경험했다.

음악으로 내 삶 전체의 항로가 바뀌었는데, 또 한 번 음악을 통해 새로운 항로로 키를 돌렸다고나 할까. 〈풍금이 흐르는 교실〉은 내가 머물던 작은 연못에서 나와 큰 바다로 향할 수 있는 계기가 되어 주었다. 극한의 상황에서야 비로소 자신을 되돌아볼 수 있는 것일까? 1집 앨범을 낸 지 1년도 채 되지 않아 나는 음악에 대한 가치관을 바꾸었다. 어쩌면 내 안에서 꿈틀거리고 있던 것이 제 시간이 되자 나온 건지도 모른다. 30대에는 꿈도 꾸지 못했던 변화니까. 내 인생은 왜 이렇게 먼 길을 돌고 도는지 한숨이 나올 때도 많지만, 그렇게 돌아오지 않았다면 현재의 내가 없었을 거란 사실도 잘 알고 있다.

내 삶의 가치는 음악에서 사람으로 그 중심이 바뀌었다. 내가 잘하는 음악에서 사람을 담는 음악으로 바뀐 것이다. 그 당연한 가치를 나는 마흔이 넘어서야 깨닫게 되었다. 그러니 어쩔 수 없다. 마흔부터 다시 시작하는 수밖에. 내가 하고 싶은 음악과 내가 해야 할 음악, 그리고 내가 하게 될 음악 안에 아름다운 사람을 담아내는 것. 그것이 앞으로 내가 걸어야 할 음악의 길이었다.


〈풍금이 흐르는 교실〉을 가지고 2005년 프랑스 칸 미뎀(MIDEM) 음반박람회에 참가했다. 그 안에 수록된 'Tears'라는, 아코디언과 해금이 들어간 곡은 2004년 방영된 SBS 특집 드라마 〈홍소장의 가을〉의 메인 테마로 쓰이기도 했다. 그리고 지금도 공연 때마다 변함없는 사랑을 받는다. 내가 동요 연주 앨범을 내겠다고 했을 때 우려하고 반대했던 사람들이 이젠 그 앨범 안 냈으면 큰일 날 뻔했다며, 보물처럼 아낀다. 주변에서 음악을 듣고 마음을 치유했다는 얘기, 어린아이와 연세 드신 부모님도 함께 듣는다는 얘기를 들을 때면 진심으로 행복함과 감사함을 느낀다. 역시 시도하지 않으면 아무도 모르는 것이다. 가장 밝은 빛은 눈을 감았을 때 느낄 수 있다. 실패와 좌절에 힘들어하고 고뇌하는 모든 이에게 꼭 말해 주고 싶다. 빛을 보기를 포기하지 말라고. 눈앞이 아무리 캄캄해도 보고자 하는 마음만 있으면 빛을 볼 수 있다고. 그 빛을 보고 따라가면 된다고.

캄보디아 씨엠립

# '쌩' 피아노 공연

〈풍금이 흐르는 교실〉이 나에게 안겨 준 가장 큰 선물은 음반의 완성도도, 주변의 평가도 아니었다. '할 수 있다'는 희망의 메시지였다. 나만의 공연 브랜드를 만들자. 내가 하고 싶은 공연을 하자. 잘할 수 있고, 사람들에게 희망을 줄 수 있고, 또 함께 즐길 수 있는 공연. 그래, 피아노다! 생(生) 피아노 공연을 하자! 나는 '쌩' 피아노라는 표현을 썼다. 그동안 전자건반 위주로 음악을 했고, 피아노는 음반 녹음 때나 쳤지만, 이제 피아노 공연을 해야겠다는 생각이 머리를 스쳤다.

또다시 가슴이 뛰었다. 나는 무슨 일을 하려고 할 때, 가슴이 뛰는지 아닌지로 판단할 때가 많다. 뭐든 좋아서 흥분이 돼야 마음이 동하고, 흥분이 되면 뒤도 돌아보지 않고 밀어붙이는 성격을 잘 알기 때문이다. 피아노를 치고, 내가 하고 싶은 이야기를 하자. 피아노 연주가 언제부터, 왜 대중에게서 멀어진 걸까? 피아노 공연이라고 하면 어렵고, 졸리고, 따분하다며 고개를 절레절레 흔든다. 특정 부류만 좋아하는 공연이란다. 그렇기에 내가 해야겠다고 결심했다. 그런 고정관념을 깨는 공연을 하자. 생각이 나기 무섭게 매니저에게 선포했다.

"피아노 공연을 할 거야!"

"피아노 공연이오? 그랜드 피아노?"

"그래, '쌩' 피아노."

"피아노 전공도 안 하셨잖아요?"

"꼭 전공을 해야 공연하나? 피아노 칠 줄 알면 할 수 있지."

"근데 피아노 공연을 누가 보러 와요? 여자들 중엔 간혹 좋아하는 사람이 있을지 몰라도 대부분 싫어하잖아요."

"내 피아노는 달라. 난 재미있게 할 거야. 내 피아노 제대로 못 들어 봤잖아. 피아노 치면서 내가 살아온 이야기도 할 거야. 사람들을 좀 편안하게 해 주고, 용기도 주고 싶어. 너무들 움츠려 있잖아. 제목도 정했어. '피아노와 이빨.'"

"푸핫, 이빨이 뭐예요!"

"뭐 어때? 피아노 치면서 이빨 깔 거야. 재미있잖아, 피아노와 이빨."

그 길로 바로 〈피아노와 이빨〉을 탄생시켰다. 나는 제목 짓는 취미가 있다. 기왕이면 재미있고 기발한 게 좋다. 제목을 잘 지어야 한다는 욕심이 늘 있었는데, 〈피아노와 이빨〉은 누구의 아이디어도 섞이지 않은, 100퍼센트 나의 작품이다. 아마도 평생 입이 닳도록 자랑하고, 죽는 순간까지도 참 잘 지었노라고 뿌듯해할 제목이다.

윤효간만이 할 수 있는 공연, 〈피아노와 이빨〉의 기획 의도는 피아노의 문턱을 낮추고 그 문을 활짝 열어 애들이든 학생이든 아줌마든 80대 노인이든 누구나 편히 와서 재미있게 보고 감동받을 수 있는 공연을 하자는 것이었다. 1년에 한 번 열리는 발표회가 아니라 1년 365일 언제든지 와서 볼 수 있도록 접근성을 높인 공연, 불편한 마음으로 시계만 쳐다보다가 가는 게 아니라, 무대와 객석이 하나가 되어 시간 가는 줄 모르게 즐기는 공연, 조금 거창하게는 누군가의 인생이 달라지는 데 기여할 만큼 가치 있는 공연을 하자는 것이었다. 그러기 위해선 피아노 공연에 대한 모든 고정관념을 바꾸어야 했다. 제목부터 말이다. 그래서 '해설이 있는 피아노 음악회'가 아닌 '윤효간 콘서트 〈피아노와 이빨〉'이 된 것이다.

장르도 대중음악으로 가기로 했다. 록 음악도 하고, 클래식도 하고, 동요도 하고, 노래도 하고, 좀 신나게 하자. 여기까지, 여기까지는 대부분 동의했는데, 공연 장소와 기간에서 제동이 걸렸다. 콘서트홀을 대관하자니 너무 비쌌고, 이름난 곳에서 하자니 피아니스트 타이틀을 따졌다. 아예 다른 장소가 필요했다. 그래서 알아본 게 대안공간과 갤러리, 미술관이었다. 모두 합쳐 200여 군데를 알아봤다. 그나마 대부분 전시를 하고 있어 작품에 피해가 간다거나 장소가 협소하다는 식으로 꺼리거나, 굳이 갤러리에서 공연을 해야 할 이유가 어디에 있냐며 탐탁지 않아 했다. 그러던 중 서울 청담동에 '유 아트 스페이스'라는 곳을 찾았다.

사실 유일하게 관심을 가져준 곳이 이곳이었다. 재미있겠다고, 그런데 전시 중이니 먼저 작가에게 양해를 구해 봐야 한다고 했다. 또 하나, 공연 기간이 문제였다. 나는 한 달을 하고 싶었다. 하지만 한 달은 너무 무리라고 해서 결국 일주일로 합의를 했다. 다음은 비용 문제. 그 갤러리에서 광고촬영을 한 적이 있는데, 8시간에 300만 원의 대관료를 받았다고 했다. 나는 그들에게 내 공연의 의의와 가치에 대해 장황하게 설명하며 이해를 구하는 수밖에 없었다. 그리고 '이곳에서 꼭 하고 싶다'는 말을 힘주어 덧붙였다. 결국 승인을 얻어 냈다. 우리는 300만 원에 7일간 공연을 하기로 했다. 작품도 그대로 둔 상태에서!

2005년 11월 11일부터 17일까지 공연을 했는데, 그중 하루는 도저히 잊을 수 없다. 특별히 지미집(Jimmy Jib, 크레인 같은 곳에 설치한 특수 카메라 장비)까지 동원한 촬영 팀이 풀 세팅된 날이었다. 평소 의자를 70개 놓았지만, 토요일이라 빼곡하게 100개를 놓았다. 저녁 7시 30분 공연이었는데, 엄청난 일이 벌어졌다. 7시 40분까지 아무도 오지 않은 것이다. 보통 공연 30분 전부터 몇 명은 오기 시작하는데 시작 시간이 지났는데 한 명도 오지 않았다. 길거리에서 행인들이라도 붙잡아 올까 했지만 지나가는 사람도 거의 없었다.

이유가 있었다. 하필 저녁 8시에 축구 한일전이 있었던 것이다. 그렇다고 어떻게 한 명도 안 올 수 있을까? 나를 포함해 아홉 명의 스태프와 관계자만 있었다. 촬영 팀에게 미안하고 부끄러웠지만, 한두 명 온 것보다는 오히려 나은 상황이라고 판단했다. 너무 어이없는 상황이라 그냥 웃어 버렸다. 우리도 빨리 정리하고 축구나 보러 가자고 마음먹고, 공연 취소를 공식적으로 선포했다.

촬영 장비를 철수하고, 접이식 의자 100개를 다시 접어 차곡차곡 정리하고 있는데, 7시 55분에 두 사람이 문을 열고 들어섰다. 매니저 친구였다. 회사에 조퇴 신청까지 하고 나섰는데 차가 막혀 늦었단다. 상황 설명을 하고 같이 축구나 보러 가자고 말하고 있는데, '삐익-' 또 문 열리는 소리가 들렸다. 옛날 나의 음악 동료가 중학생 아들을 데리고 들어왔다. 몇 년 만에 만난 선배였다. 8시 공연인 줄 알았단다. 내 친구와 매니저 친구, 관객 총 네 명. 부끄러웠지만 그냥 돌려보낼 순 없었다. 나는 네 명의 관객을 앞에 앉히고 연주곡 2곡, 노래 1곡을 메들리로 불렀다. 앙코르가 나왔다. 나는 인사로 화답했다. "자~ 밥 먹으면서 축구나 보러 갑시다!" 참으로 안타까웠지만 웃을 수밖에 없는 해프닝이었다. 하지만 얼마나 다행인가, 그 네 명이 나와 매니저의 친구라는 것이.

# 또 다른 세계와 만남

일주일, 아니 정확히 말하면 6일 동안의 〈피아노와 이빨〉 공연이 막을 내렸다. 그래도 마지막 날엔 객석 100개가 모자라 서른 명이 서서 볼 만큼 만석으로 대미를 장식했다. 나는 〈피아노와 이빨〉을 평생 끌고 갈 브랜드로 만들어야겠다고 다짐했다. 돈은 못 벌었지만 주변의 반응은 최고였다. 내 피아노 실력은 측근들도 몰랐던 터라 엄청난 칭찬이 쏟아졌다. 그랜드 피아노 앞에 앉은 모습이 상상이 안 갔는데, 정말 잘 어울린단다. 이야기(이빨)가 하도 웃겨 배꼽 잡고 웃다가, 마지막엔 울고 나왔단다. 피아노 공연은 처음 봤다는 사람들이 99퍼센트였고, 나머지 1퍼센트도 유명 피아니스트 공연에서는 항상 졸았는데 두 시간 동안 한 번도 졸지 않았다고 신기해했다. 거기다 아는 곡들이 많아 쉽고 좋았다는 인사까지….

지인들의 인사치레를 100퍼센트 믿을 수는 없었기에, 나는 온라인에 올라온 리뷰들을 꼼꼼히 다 읽어 보았다. 그리고 이거 되겠다 싶었다. 나는 무조건 장기 공연을 해야겠다고 생각하고, 한 달 이상씩 빌릴 수 있는 공연장을 찾아다녔다. 그러다 우연히 중소기업 CEO들이 모인 행사에서 공연을 한 후, 서울의 '발렌타인극장'이라는 소극장의 사장을 만났다. CEO 행사에 여러 번 참석했지만 늘 무반응이던 사람들이 이렇게 호응하며 노래까지 따라 부르는 건 처음 봤다며 놀라워했다. 그리고 곧 소극장을 여는데, 첫 공연의 주인공이 되어 달라고 제의를 하는 게 아닌가!

나는 즉시 100일간 공연을 하자고 제안했다. 며칠 공연장을 빌려주는 식이 아니라, 공동제작 방식으로 가자는 제안은 극장주가 먼저 꺼냈다. 이보다 더 좋은 조건이 어디 있겠는가. 그런데 피아노 공연으로 100일을 지속하는 것은 너무 위험하다고 걱정을 했다. 매니저도 극구 반대했다. "어떻게 피아노 공연으로 100일을 가요? 그건 말도 안 돼요." "아니, 내가 할 수 있다는데 뭐가 문제야?" "관객은 어떻게 동원하실 건데요?" "그것도 내가 해! 일단 따라만 와. 혁명을 이루려면 모험도 감수해야지." 옥신각신 끝에, 한 달에 20여 일을 추가한 52일로 합의를 보았다. 사실 두 달여 동안을 거의 날마다 공연한 피아니스트는 없었으니, 그 자체만으로도 파격이었다.

이곳저곳에서 온 초청관객들이 객석을 채워 주었고, 지인들의 지인, 그 지인들의 지인들이 꼬리에 꼬리를 물고 찾아왔다. 52일 동안 월요일만 쉬고 주말엔 2회씩, 주 8회 공연을 했다. 1회 두 시간 공연을. 반응은 하루가 다르게 뜨거워졌고, 입소문을 타고 조금씩 퍼져나가기도 했다. 하지만 언론 홍보도 거의 없이, 기사 몇 줄과 포스터 몇 천 장으로 기적을 만들기에는 역부족이었다. 주변과 온라인에서

만 반응이 조금 뜨거웠을 뿐이다. 52일 동안 공연을 하고 딱 300만 원을 벌었다. 비용을 제외한 순수익 300만 원이 아니라 표와 앨범이 딱 300만 원어치 팔려 나갔다는 얘기다. 도저히 계산이 안 되는 완벽한 적자!

그런데 지인들은 공연을 계속해야 한다고 목소리를 높였다. 아직 데리고 올 사람들이 많다고, 이렇게 좋은 공연은 계속돼야 한다며 용기를 주었다. 후원금 한 푼 없이 격려사만 수천만 원어치 들은 셈이지만 그래, 좀 더 해 보기로 했다. 다시 몇 달을 연장 공연하고, 또 다시 몇 달을 연장하고, 나중엔 아예 마지막 날짜를 적지 않고 오픈런(Open Run) 공연에 들어갔다.

그렇게 만 3년, 700회 가까운 공연을 했다. 한 공연장에서 거의 매일 같이 공연을 하며 기록한 기적 같은 공연 횟수. 이때 이야기만으로도 책 몇 권은 쓸 수 있을 것 같다. 진부한 표현이지만 정말 눈물 젖은 빵을 먹어 가며 매일 전쟁 같은 하루하루를 넘겼다. 관객을 통해 느끼는 보람과 감동 때문에 포기하거나 멈출 수도 없었다. 실패와 아주 작은 성공, 실패와 조금 커진 성공, 실패와 좀 더 많이 커진 성공을 거듭 체험하며 아주 더딘 속도로 발걸음을 이어갔다.


처음엔 100회를 공연하면 세상이 달라질 줄 알았다. 기적이 일어난 거니까 세상이 떠들썩해질 줄 알았다. 그런데 120석짜리 객석의 매진이 최고의 성과일 뿐, 세상은 그대로였다. 200회를 했다. 아무도 하지 못한 200회를 했으니 이젠 진짜 달라지겠지, 다르게 보겠지 했는데, 관객 수가 늘고 여기저기서 행사 요청이 들어오는 정도였다. 300회, 400회, 500회를 했다. "그 공연 아직도 해요? 에너지가 대단하시네요!" 사람들은 놀라워하며 찬사를 보냈다. 주변의 반응이나 경제적인 측면에서 보면 어느 정도 성공했다고 할 수도 있었지만 기대한 만큼은 아니었다. 방송 등 언론 매체에서는 직접 찾아와 주지 않았다. 그렇다고 직접 찾아갈 내가 아니었다.

난 그 부분을 포기했다. 다른 부분의 기적을 발판으로 윤효간 스타일대로 그냥 계속 가기로 했다. 소극장에서는 670회를 끝으로 공연을 마감했다. 그사이 기업과 학교 등에 초청되어 공연한 횟수까지 합치면 거의 700회가 되었다. 그 뒤 국립극장에서 한 700회 기념 공연! 나는 다시 한 번 변화, 발전하며 반전의 드라마를 쓴 셈이다. 내 인생에는 많은 전환점이 있었다. 〈풍금이 흐르는 교실〉 전과 후, 〈피아노와 이빨〉 전과 후, 소극장 장기 공연 전과 후, 국립극장 공연 전과 후, 앞으로 소개할 세계 투어 공연 전과 후…. 이 전환점들은 모두 사람들의 반대에 부딪혔던 내 도전의 결과물이다. 그때마다 실패와 좌절을 통해 힘을 얻고, 보람을 얻고, 사람을 얻고, 삶의 소중한 가치를 얻었다. 이런 과정이 없었더라면 〈피아노와 이빨〉은 없었을 것이고, 지금의 나 또한 존재하지 않았을 것이다.


〈피아노와 이빨〉은 참 많은 것이 부족한 상태에서 시작한 공연이다. 제목대로 피아노와 이빨 빼고는 아무것도 없었다. 그런데도 쉬지 않고 1000회를 넘겨 지금까지 왔다. 나는 항상 이렇게 자문한다. 없으면 안 할 거냐고. 대개 사람들은 없으니까 못한다고 생각하지만, 나는 절대로 그렇게 생각하지 않는다. 방법은 어떻게든 찾으면 나오게 되어 있다. 안 하는 것보다 하는 게 백번 낫다. 실패조차 안 하려고 피하는 것보다 실패를 하더라도 하는 게 훨씬 낫다. 일단 할 수 있다는 마음과 저돌적인 실행력만 있으면 된다. 생각은 짧고 굵게, 행동은 빠르고 길게 가져가야 한다. 그러면 정말 또 다른 세계를 만날 수 있다.

압구정동 발렌타인극장

# 이빨 게스트

〈피아노와 이빨〉에는 매회 한 명씩 게스트가 출연했다. 요즘은 가끔 초대하지만, 400회까지는 거의 매일 초대손님을 모셨다. 〈피아노와 이빨〉의 게스트는 가수가 아니다. '이빨 게스트'다. 관객들에게 이야기를 들려줄 손님, 노래가 아닌 메시지를 전해 주실 분. 나는 여러 분야에서 아름다운 삶을 사는 분들을 무대 위로 모셨다. 젊은 친구들에게 용기를 전해 주고 싶어서였다. 방송에서 보는 유명인이 아닌 소박한 이웃이면 더 좋았다. 평생 한길만 걸어온 장인이 나왔고, 소외된 이웃을 보살피는 봉사자, 성공한 CEO, 무용수, 김밥장수도 무대에 올랐다.

10분 남짓한 짧은 코너였지만, 나는 매회 공연에 게스트를 꼭 초대하기 위해 애썼다. 공연의 맥이 끊길 거라는 우려도 있었다. 하긴 사람들 마음이 너무 각박해져 유명인도 아닌 사람의 말에 과연 귀를 기울일지 걱정스럽기도 했다. 하지만 나는 이야기도 쇼로 만들 수 있다는 자신감이 충만했고, 또 그렇게 만들고 싶었다. 결코 지루하지 않게 끌고 갈 자신이 있었다. 아름다운 분들, 멋진 분들, 재미있는 분들을 많이 만났다. 아나운서, 동화작가, 숲 해설가, 줄타기 명인, 캐리커처 화가, 천문학자, 수의사, 한의사, 영화감독, 영화배우, 요리사, 발레리노, 김밥장수, 라디오 PD, 소아마비 시인, 주한 미국 대사관에서 33년을 근무한 어르신, 복지단체 대표, 교수, 기업 CEO, 국회의원, 수화통역사, 플로리스트, 골프선수, 프로야구 코치, 평생 가야금과 거문고를 만들어 온 장인, 판소리 무형문화재, 역무원, 비보이, 유명 강사, 사운드 디자이너 등 그동안 무대에 오른 게스트만 500명가량 된다.

그들은 대기실에서 입장하지 않고, 객석에서 공연을 보다가 무대로 올라왔다. 딱딱한 이야기를 일방적으로 전달하는 대신, 나와 재미있게 이야기를 주고받는 인터뷰 형식을 취했다. 인생 선배의 덕담 같은 이야기는 특히 주 관객층인 20대에게 큰 호응을 얻었다. 강의실이 아닌 콘서트 무대에서 만난다는 장점도 작용했다.

게스트들의 직업과 나이는 천차만별이었지만 한 가지 공통점이 있었다. 자신의 재능으로 사회에 기여하고 있다는 점이었다. 그들은 자기 자신과 가족의 행복에만 몰두하지 않았다. 다른 사람, 이 사회, 이 세상에 기여할 수 있는 길을 찾아 노력했다. 숱한 고난과 역경을 이겨 내고 고지에 오른 후, 거기에 안주하지 않고 세상을 위해 헌신하고자 애쓰는 사람들…. 이빨 게스트 코너는 그야말로 살아 있는 위인전이었다.

PART 3

# 피아노가 간다

누군가의 인생이 달라지는 데 기여할 수 있을 만큼
나의 피아노가 용기가 되고, 꿈이 되었으면 좋겠다.

# 무대에서 내려오다

피아노 공연을 시작한 것이 내 음악 인생의 진일보였다면, 피아노를 싣고 직접 관객들을 찾아 나선 것은 '혁명'에 가까운 것이었다. 나는 지금도 가장 잘한 일 하나를 꼽으라면, 피아노를 무대에서 내린 일이라고 말할 수 있다.

모든 필연은 우연을 가장한다. 혹은 모든 필연은 우연에서 비롯된다. 위대한 발명 역시 소박한 아이디어와 사소한 발견에서 시작된다. 단순한 호기심이나 무모한 도전이 촉발한 역사적 사건은 또 얼마나 많은가. 나의 인생도 우연을 가장한 필연의 연속인 것 같다. 중요한 것은 그 과정에서 나의 '무식함'이 모종의 역할을 한다는 점이다. 나는 사람들이 좀 무식할 필요가 있다고 생각한다. 너무 많이들 배운다. 진짜 '알아야 할 것'과 '배워야 할 곳'은 따로 있는데, 다들 어딘가에 들어가서 남들 다 배우는 똑같은 걸 배우려고 애를 쓴다. 오히려 나와서 배워야 할 것이 천지인데 말이다. 천편일률적으로 학습된 사람들이 너무 많아져서 그 대단한 배움이 무색한 지경에 이르렀다.

나는 배움이 짧고 무식하다. 하지만 다행히 멍청하진 않다. 무식하기 때문에 행동할 수밖에 없다. 그래서 무조건 몸으로 부딪쳐 왔다. 십대 때 무모한 꿈을 품고 감행한 상경, 나이 마흔에 20년 경력을 내려놓은 과감한 선택, 피아노의 고정관념을 바꿔 버린 시도, 1000회를 넘게 이어 오고 있는 공연…. 정말 무식하게 밀어붙일 땐 심하게 밀어붙였고 접어야 할 땐 과감하게 접어 버린 그 시간 속에서 나는 감히 스스로 성장했노라 말하고 싶다.

세상을 바라보는 시각도 이전과는 분명 달라졌다. 나만의 소유와 만족에 대한 관심은 적어지고 함께 만들어 가는 행복한 세상에 대한 꿈은 커졌다. 음악인의 만족은 부와 명예에서 오는 것이 아니다. 나는 내 음악으로 사람들이 행복해지는 것, 그것이 가장 행복하다. 결국 내가 행복하려면 타인의 행복에 관심을 가져야 하는 것이다. 내가 가진 경험, 지식, 재능을 사람들과 공유하는 것, 그것으로 많은 사람에게 좋은 영향을 주는 것. 나는 내 공연이 바로 그런 일에 쓰이길 바랐다. 우연처럼 필연처럼 무대를 고집스럽게 지키고 난 후에야, 나는 무대에서 자유롭게 내려올 수 있었다. '피아노가 간다'라는 주제의 세계 투어는 이때 시작되었다. 그 첫 번째 나라가 캄보디아다.

타인의 행복에 관심을 갖게 되면서 나는 비로소 무대에서 내려올 수 있었다.
내 음악으로 사람들이 행복할 수 있다면, 나는 그 행복을 찾아 먼 길이라도 떠날 것이다.

# 피아노 스킨십

〈피아노와 이빨〉공연이 600회를 넘긴 즈음이었다. 공연 대상의 범위를 좀 더 넓히고 싶은 생각이 들었다. 전 세계의 더 많은 사람에게 공연을 보여 주고 싶다는 욕망이 막연하게나마 싹튼 것이다. 이미 언급했듯이 나는 〈피아노와 이빨〉을 통해 새롭게 세상을 만날 수 있었다. 어둡고 소외된 이들의 손을 잡고 싶었고, 획일화하고 삭막한 세상에 변화의 실마리를 제시하고 싶었다. 아니 좀 더 본질적으로, 어린 시절 내가 음악을 하려 했던 본연의 뜻이 무엇이었는지 진중하게 돌아보기 시작했다. NHK 화면 속 록 스타들에게 열광했던 이유, 그들에게 전달받은 진실하고 생생한 메시지. 그것이 30여 년이 지난 후 새로운 각성과 더불어 다시 고개를 내밀었다. 내 심성이 착하고 아름다워서가 아니다. 〈피아노와 이빨〉에서 만난 수많은 게스트, 그들의 아름다운 삶이 자극과 영감을 안겨 준 결과였다. 사람은 끊임없이 배우면서 발전하는 법이다.

새로운 영역을 개척하고 더욱 완성도 높은 음악을 하는 것도 예술가의 길이고, 음악으로 더 많은 사람에게 기쁨과 희망을 선사하는 것도 예술가의 길이다. 다만, 전자가 자기 자신을 향한 거라면, 후자는 타인을 향한 것이라고 할 수 있다. 물론 두 길이 공존한다면 더할 나위 없이 좋을 것이다. 나 역시 두 가지를 다 하고 싶었고, 할 수 있다고 믿어 왔다. 전자의 길을 바탕으로 삼아, 더욱 넓고 긴 길을 새로 만들어 가면 된다고 생각했다. 나 혼자만을 위한 길이 아니라 모두가 함께 갈 수 있는 길, 이제 그 길을 가고 싶었다.

박동은 유니세프 사무총장과의 만남은 내 고민의 방향을 구체적으로 잡아가는 데 좋은 계기가 되었다. 그녀 역시 〈피아노와 이빨〉 게스트였다. 그분이 전해 준 좋은 말씀을 모두 기억하진 못하지만, 지금도 생생하게 떠오르는 대목이 있다. "아이들이 살기 좋은 세상이 바로 우리 모두가 살기 좋은 세상입니다." 전 세계 아이들을 위한 나눔을 권유하면서 예로 든 곳이 바로 캄보디아였다. 우리 돈 3만 원이면 한 아이가 한 달을 굶지 않고 살 수 있다고 했다. 그분의 말씀을 들으면서, 나는 무작정 그곳에 가보겠노라 마음먹었다.

그리고 그 기회가 찾아왔다.

2007년 3월이었다. 포스터와 브로슈어, 그리고 전시에 쓸 화보가 필요했다. 이왕이면 해외에서 이국적인 느낌의 사진을 찍어 오자는 쪽으로 의견이 모아졌다. 장기 공연으로 고생한 팀원들과 휴가를 겸

한 여행을 떠나기로 계획한 것이다. 팀원들은 여러 나라를 후보에 올려놓고 검토에 들어갔다. 하지만 나는 이미 마음속에 담아 둔 곳이 있었다. 캄보디아였다. 순전히 화보 촬영을 위해 떠나는 여행이었지만 더없이 가슴이 부풀어 올랐다. 거기서 무언가 새로운 세상을 만나게 되리라는 느낌.

실로 예감은 종종 현실이 되어 삶을 변화시킨다. 캄보디아에서 가장 인상적인 것은 습하고 끈적끈적한 열대의 몬순기후도, 역사와 세월이 결합된 불가사의한 건축물 앙코르와트도 아니었다. 캄보디아 씨엠립의 작은 초등학교, 그곳에서 피아노 선율을 마냥 신기해하던 아이들의 빛나는 눈망울이 그 무엇보다도 강렬하게 나를 사로잡았다.


캄보디아에서 피아노 연주를 하는 것은 결코 쉬운 일이 아니었다. 무엇보다 악기를 구하기가 힘들었다. 특급호텔에서나 피아노 구경을 할 수 있었는데, 그것도 다섯 대가량이 전부. 호텔 로비에 있는 피아노를 빌릴 수는 없었다. 당시 캄보디아 투어를 지원하던 한 여행사에서 수소문 끝에 태국에 사는 한국인 가정을 찾아냈고, 그 집 거실에 있던 가정용 피아노를 구할 수 있었다. 캄보디아 공연을 위해 태국에서 피아노를 공수한 것이다. 피아노가 학교 안에 들어서자 학교 전체가 들썩거렸다. 아이들뿐만 아니라 선생님들도 흥분하며 좋아했다.

선생님께 아이들이 가장 즐겨 부르는 노래가 무엇인지 물었다. 몇 곡이라도 아이들이 합창할 수 있는 노래를 연주해 주고 싶었는데, 구전되어 따라 부르는 노래들이 있긴 하지만 딱히 소개할 만한 곡은 없다고 했다. 알고 보니 음악 수업이 없었다. 국제학교를 제외하고는 대부분의 학교들이 환경적으로 열악했다. 나는 팝송과 '풍금이 흐르는 교실'을 비롯한 한국 동요 몇 곡을 준비했다.

공연이 시작되었다. 사실 피아노가 학교에 도착한 순간부터 공연이 시작된 거나 마찬가지였다. 타국 사람들 10여 명이 신기한 악기를 가져와 끙끙대며 교실 안으로 밀고 들어가는 전 과정이 마치 공연이라도 되는 양 모두가 지켜보며 환호했다. 동서고금을 막론하고 아이들은 순수하고, 음악은 위대하다. 순수한 영혼은 아름다운 음악에 빠르게 반응하며, 음악은 모든 영혼을 순수하게 만든다. 항상 하는 생각이지만, 그 사실을 직접 눈으로 확인할 때는 늘 놀라게 된다.

피아노 선율이 울려 퍼지자 내게 무관심했던 아이들까지 피아노 주위를 에워싸기 시작했다. 그리하여 교실 안이 아이들의 빛나는 눈빛으로 가득 찼다. 처음 들어 보는 멜로디, 낯선 언어로 부르는 노래인데도, 아이들은 언제 곡이 끝나는지를 알고 그에 맞춰 환호해 주었다. 수없이 많은 박수를 받아 왔는데도 난생처음 박수를 받는 것처럼 설렜다. 감동이 밀려왔다.

아이들의 박수와 웃음소리가 기운을 북돋았다. 30도가 넘는 날씨에 작은 교실, 창문 틈새까지 빼곡하게 메운 청중으로 교실 안 온도는 40도를 웃도는 것 같았다. 온몸 구석구석 땀이 비 오듯 쏟아짐을 느끼면서 나는 계속 연주를 했고, 스태프는 사진을 찍고 영상을 담았다. 모든 연주가 끝났을 때, 젖은 얼굴을 닦을 틈도 안 주고 내게 몰려들던 그 환하게 웃는 얼굴들. 평생 잊지 못할 순간이었다.

같은 눈높이에서 서로를 마주 보고 바로 코앞에서 함께 호흡하며 나는 어렴풋이 깨달았다. 무대 위의 피아노를 무대 밑으로 내려도 된다는 사실을. '하고 싶다'와 '된다'의 차이는 경험을 통해서만 알 수 있다. '알 것 같은 것'과 '알게 된 것'의 차이도 그렇다. 피아노를 무대 밑으로 내렸을 때, 내가 피아노를 싣고 직접 찾아갔을 때, 나와 관객은 피아노 스킨십을 나눈다. 마치 신체 접촉을 통해 더 깊은 사랑을 확인하는 연인처럼. 더 많은 사랑이 필요한 사람들에게는 좀 더 다가가 밀착할 필요가 있다. 현장에서 직접 느껴 보지 않고는 알 수 없는 오직 그들과 나만 아는 비밀스러운 특권, 피아노 스킨십의 마법을 나는 피아노를 무대 위에서 내린 뒤에야 비로소 알게 되었다.

캄보디아에 머문 기간은 고작 5일이었지만 거기서 얻은 영감은 이후 수십 배, 수백 배 더 큰 성과로 이어졌다. 가고 싶은 곳과 가야 할 곳이 많아졌고, 하고 싶은 일과 해야 할 일이 많아졌으니, 역시 '우연'이 결정적인 역할을 하는 데에는 기간 따위는 중요치 않은가 보다.

캄보디아

# 내 가슴이 기억하는, 그 감동

캄보디아에서 얻은 영감이 '나눔' 공연으로 구체화된 것은 2008년부터다. 이때부터 나는 적극적으로 무대에서 내려와 직접 소통하며 나누는 방안을 구체화했다. 단지 내가 가진 재능을 기부하는 것만으로는 부족했다. 700회 가까운 장기 공연을 해 온 사람으로서 그저 공연만 하는 것은, 진심을 보여 주거나 진정한 나눔을 실천하기에는 턱없이 부족한 방식이라고 판단했다. 그래서 내 무대를 좀 더 과감하게 내어놓아야 한다고 생각했다.

'제발 버리지 말아야 할 것을 버리지 말자. 사회가 제시하고 사람들의 고정관념이 추종하는 성공의 조건을 갖추기 위해 아까운 청춘을 낭비하지 말자. 좀 재미있게 살자. 인생의 가치가 뭔지, 꿈이 뭔지, 함께하는 기쁨이 뭔지 제대로 알고, 아름답게 살자.' 사람들에게 알려 주고 싶었다. 나 혼자는 할 수 없는 일이고, 재미있는 일은 같이 해야 기쁨이 큰 법이니까. 학창 시절, 공부만 하는 친구에게 인생 그렇게 살지 말라며 음악을 들려주었던 것처럼, 일단 내 주변의 지인들에게 '나눔'을 알리기 시작했다.

특별히 기억에 남는 〈피아노와 이빨〉 공연은 100가지가 넘지만, 지금도 생각하면 입가에 미소 짓게 되는 '예쁜' 공연이 있다. 여느 때와 마찬가지로 공연을 마치고 관객을 배웅하는 자리였다. 한 관객이 자신을 어느 학교의 학생주임이라고 소개하며 조심스럽게 말을 걸었다. "우리 학생들도 공연을 보면 참 좋을 텐데 너무 아쉬워요, 선생님." "그럼 데리고 오세요." 나는 학생들을 단체로 초청할 요량으로 흔쾌히 답했다. 그런데 이어지는 이야기가 기가 막혔다. 몇 분간을 숨도 안 쉬고 학교 이야기를 하는데, 얼마나 간절한지 울먹이는 것 같았다.

"선생님, 우리 학교는 충북 단양에서도 오지로 통해요. 어휴! 서울까지는 올라갈 엄두도 못 내요. 그리고 우리 애들은요, 환경이 좀 달라서 수업이 끝나면 대부분 집에 빨리 가야 해요. 방과후 학습도 거의 못해요. 조부모와 살면서 집안일을 도와야 하는 아이들이 많거든요. 공연 구경은 꿈도 못 꿔요, 선생님."

"아⋯, 예⋯." '그럼 제가 가겠습니다'라는 대답이 선뜻 나오질 않았다. 날마다 공연을 하고 있던 터라, 학교에 가려면 하루는 공연을 취소해야 했다.

"학교에 공연할 만한 장소는 있나요?"

"우리 학교가 아주 작아요. 강당은 없고, 강당처럼 쓰는 다목적실은 있어요. 교실 두 개를 합친 크기인데, 저흰 거기서 행사를 다 해요."

"전교생이 몇 명입니까?"

"중학교와 고등학교가 같이 있어요. 다 합쳐야 56명밖에 안 되고요. 학교가 생긴 지 50년 됐는데, 한 번도 선생님 같은 연주자분이 오신 적이 없어요. 선생님이 좀… 와 주시면 안 될까요?"

나는 당장 일을 꾸몄다. 공연을 하루 쉬기로 하고 무조건 가기로 했다. 주변의 지인들에게도 알렸다. 알고 보면, 뜻 있는 일을 하고 싶은데 방법을 몰라 못 하는 사람들이 많다. 지인들은 모두 자기 일처럼 좋아했다. 말을 꺼낸 지 일주일도 채 안 돼 회사를 결근하고 참여하겠다는 사람부터 카메라와 영상 장비를 챙겨 재능기부를 하겠다는 지인 등 서울에서 내려가는 〈피아노와 이빨〉 관계자만 열여덟 명이 모였다. 청중의 3분의 1에 해당하는 인원이었다.

충남 단양군 임현리에 위치한 단산중고등학교의 공연은 그렇게 이뤄졌다. 말 나오기가 무섭게 며칠 만에 뚝딱 준비한 원정 공연. 역시 일은 이렇게 하는 것이다. 서울에서 단양까지, 차 여섯 대가 줄지어 내려갔다. 마치 수학여행 가는 학생들처럼 어른 열여덟 명이 자가용에 나눠 타고 무전기도 하나씩 들고 서로 통신을 하며 신나게 내려갔다. 공연을 하려는 사람과 보려는 사람을 태운 차 여섯 대가 나란히 시골길로 들어서는 모습은 참 독특하면서도 아름다운 풍경이었다. 헬리콥터를 타고 위에서 찍었다면 볼만 했을 것이다.

한편, 이렇게 이동하는 차량이 각자의 자가용이 아니라 맞춤 디자인한 공식 공연차량이라면, 혹은 깃발을 하나씩 꽂고 달린다면 얼마나 멋있을까 하는 생각이 들었다. 이 생각은 후일 미국과 중국, 군부대 투어에서 로드 투어(Road Tour)를 펼치는 결실로 이어졌다.

단산중고등학교는 개교한 지 50년이 넘는 전통 있는 학교였다. 선생님들은 개교 이래 학교에서 열리는 첫 공연이라며 크게 반겼다. 내가 서울에서 분주했듯, 학교 또한 공연을 위해 바쁜 시간을 보낸 듯했다. 얼마나 많이 꾸몄던지 학교 곳곳에서 선생님과 학생들의 정성 어린 손길을 그대로 느낄 수 있었다. 교무실 프린터로 출력한 내 사진들이 출입구부터 줄지어 도배되어 있었다. 창문은 유리가 없다고 착각할 만큼 손자국 하나 없이 빛났고, 복도는 미끄러질 정도로 윤이 났다.

학교에서 가장 넓은 공간인 다목적실은 여기저기 풍선이 달린 아기자기한 공연장으로 탈바꿈해 있었다. 그들의 정성이 느껴지자 송구한 마음이 들어, "장학사가 내려오는 것도 아닌데 바쁜 애들한테 뭐 이렇게 청소를 시켰습니까?" 하고 겸연쩍은 표정으로 말을 건넸다. 그러자 선생님들은 장학사보다 더 대단한 손님이라고, 먼 곳까지 오게 해서 다시 한 번 죄송하고 감사하다며 인사를 했다. 그들의 순수한 모습에 오히려 내가 죄송스러운 마음이 들 정도였다. 누구에게나 '처음'이라는 경험은 숭고하다. 설렘의 순간은 오래도록 지속되며, 그 여운은 결정적 계기를 창출하기도 한다. 개교 이래 첫 공연을 내가 장식한다는 사실은 크나큰 영광이 아닐 수 없었다.

마침내 학생 56명을 앞에 두고 공연을 시작했다. 학생들은 의자에 앉았고, 30여 명의 선생님과 지역주민 몇 명, 서울에서 내려온 응원단 18명은 모두 서서 관람을 했다. 피아노 선율은 다목적실을 가득 채웠다. 원래 그랜드 피아노를 빌리려고 했는데, 공간을 너무 많이 차지하는 게 문제였다. 학교에 피아노가 있다고 해서 아쉽지만 그걸 쓰기로 했는데, 선생님 말씀을 들으니 전날 아주 고생을 했단다.

건물 제일 꼭대기 층에 있던 이 피아노를 1층 다목적실까지 선생님과 학생들이 직접 들고 옮기느라 한 시간이 걸렸단다. 막상 옮겨 놓고 보니 오랫동안 사용하지 않아 건반 상태가 엉망이라 부리나케 수리를 하고 조율을 했는데, 조율하신 분이 '오늘 연주자분이 고생 좀 하시겠다'는 말을 해서 내내 걱정을 했단다. 피아노 공연에서 제일 중요한 건 피아노일 것이다. 그렇지만 피아노의 상태가 절대적으로 중요한 것은 아니다. 피아노라는 악기보다 중요한 것은, 아마 건반의 개수만큼이나 많을 것이다. 최고의 감동은 결코 악기의 상태에서 나오는 게 아니다.

피아노를 앞에 놓고, 큰 보폭으로 한 걸음 정도 간격을 둔 채 아이들이 앉았다. 지금껏 한 공연 중 가장 좁은 무대이면서, 객석과의 거리가 가장 가까웠다. 관객과 너무 가까운 것이 연주자에게는 부담인데 연주자와 너무 가까운 것이 아이들도 부담스러웠는지, 마치 벌을 서는 듯 정자세로 앉아 숨도 제대로 못 쉬는 것처럼 보였다. 보통 첫 곡이 끝나면 0.1초 만에 박수와 함성이 나오는데, 아이들은 2초쯤 후에 다소 형식적으로 박수를 쳤다. 시간이 좀 걸렸다.

인사를 하고 두 번째, 세 번째, 네 번째 곡을 연주하면서 나는 아이들의 변화를 감지했다. 변화의 속도가 느릴 뿐 시간이 흐를수록 아이들의 눈빛이 부드러워졌고, 희미하지만 입가에 미소까지 띠기 시작했다. 박수가 나오기까지의 시간도 확연히 줄더니 조금씩 함성이 터지기 시작했다. 아이들은 마음을 열고 있었다. 나는 '정보공유' 시간에 진심을 다해 학생들에게 이야기했다. 공연 며칠 전부터 무슨 이야기를 해 줄까 고민했다. 평소에는 '결코 제 자랑이 아니랍니다'로 시작해서 내가 상징적인 존재이고, 내가 1등이라고 당당하게 자랑을 늘어놓곤 하지만 이날은 내 자랑을 줄이고 아이들이 가진 장점을 이야기했다. 식상한 듯 느껴지는 이야기, 특별할 게 없어 그 가치를 못 느낄 수도 있는 이야기지만 내가 전하고 싶은 진심이었다.

"여러분은 다른 친구들이 절대 가질 수 없는 걸 가지고 있어요. 이렇게 맑은 공기를 마실 수 있고, 밤하늘에 빼곡한 별을 볼 수 있으니까요. 여러분이 가진 환경은 다른 어떤 것과도 절대 바꿀 수 없는 축복입니다. 다른 사람과 비교하지 말고, 여러분만이 가진 것들을 맘껏 누리시길 바랍니다. 여러분만이 볼 수 있는 별을 보세요. 그리고 그 별을 꼭 따시길 바랍니다."

레슨을 미루고 이곳에 같이 온 성악가의 열창까지, 약 2시간에 걸친 공연이 막을 내렸다. 끝인사를 하는데 학교 부회장 학생이 나와서 꽃을 걸어 주었다. 꽃다발이 아니라 꽃목걸이였다. 아침에 뒷산에 올라가서 꺾었다며, 들꽃으로 만든 근사한 꽃목걸이를 걸어 주었다. 진정 세상 부러울 것 없는 행복이 이런 것일 거라 생각하며, 나는 연신 출입문 쪽을 돌아봤다. 기다리고 있는 게 있었다. 왜 안 오지, 올 때가 됐는데….

그때 땀을 뻘뻘 흘리며 누군가 뛰어 들어왔다. 피자다! 피자가 배달된 것이다. 단양에 오기 전, 공연 끝나고 학생들과 파티를 하고 싶은데 뭘 준비하면 좋겠냐고 물었더니 학생들이 피자를 좋아한다고 했다. 아이들이 사는 지역이 워낙 오지라 피자가 배달되지 않는다고 했다. 마침 '발렌타인극장' 사장과 친분이 있던 피자회사에서 피자를 지원해 주기로 했다. 그런데 단양에는 그 피자가게가 없어 서울에서 만들어 직접 가지고 온 것이다. 피자가 식을까봐 에어컨도 못 틀고 달려왔다면서 직원들이 땀을 비 오듯 쏟았다. 서울에서 단양까지 배달된 피자, 거의 100명이 나눠 먹을 수 있는 양이었다. 학생들과 교실 바닥에 둘러앉아 나눠 먹던 피자. 앞으로 어떤 피자를 먹어도 그 피자 맛만 못 하리라는 걸 장담할 수 있다.


그로부터 일주일 후, 사무실로 커다란 박스가 배달되어 왔다. 뜻밖의 택배, 그 안에는 놀라운 선물이 담겨 있었다. 56명 전교생의 편지와 선물이 한가득 들어 있었던 것이다. 감사의 마음을 적어 코팅한 편지가 있는가 하면, 사연 대신 내 얼굴을 그린 편지도 있었다. 부모님이 농사지으신 거라며 신문지로 예쁘게 포장한 칡 한 뿌리, 쌍화탕, 사탕, 부채, 과자 등도 나왔다. 이렇게 감동적인 종합선물 세트는 살면서 처음이었다. 나는 수백 번의 공연 중에서 단 한 번을 기부한 것뿐인데 아이들은 모두 자신의 소중한 것 하나씩을 내어놓은 것 같았다. 그 고마움과 기쁨과 보람을 어떻게 말로 다할 수 있을까. 나는 눈에 보이지 않지만 가슴이 기억하는 감동, 그것을 주고받고 또 전염시키는 일을 하고 있다. 나는 최고의 직업을 가진 것이다.

# 70일간의 로드 투어

마침내 첫 해외 공연이 이루어졌다. 2009년 4월부터 70일 동안, 미국 서부의 캘리포니아에서 시작해 중부 미네소타까지 총 11개 주 40개 도시를 돌아다녔다. 2만 킬로미터가 넘는 어마어마한 이동거리였다.

처음에는 투어까지 할 계획은 없었다. 공연만 하고 오면 되는 일정이었다. 공연 장소는 미국 중서부 미네소타 주에 있는 최대 도시 미니애폴리스. 미네소타는 1만 명이 넘는 한인 입양인이 살고 있는 지역이다. 어려서 입양된 한인들 가운데 변호사, 교수, 의사 등 전문직 종사자로 성장한 사람들이 모여 '노팩(Network of Professional Adopted Koreans)'이라는 단체를 만들었는데, 그들이 한국을 알리기 위해 마련한 '한국 문화의 날' 행사에 초청을 받은 것이다. 장소는 미국 최대 규모를 자랑하는 '몰 오브 아메리카(Mall of America)'로 하루 유동인구가 50만 명에 달하는 대규모 쇼핑몰이었다. 풍물놀이와 한복 패션쇼, 태권도 시범, 김치 담그기 등 다양한 행사가 어우러진 한국 문화 축제가 벌어졌다.

사실 나는 여러 프로그램에 섞여 공연하는 것을 좋아하지 않는다. 그럼에도 공연을 결정한 이유는 입양인이 마련한 행사였기 때문이다. 그 몇 해 전에 사회복지전문기관인 '홀트아동복지회'를 찾은 적이 있다. 그때도 말리 홀트 여사와 한 약속을 지키기 위해 공연을 하러 갔는데, 그곳에서 한인 입양인을 여럿 만났다. 미국에 입양되어 그곳에서 성장하고 결혼한 사람들이 있었고, 한국 아이를 입양하기 위해 한국을 찾은 부부도 있었다. 동요 '오빠생각'을 연주하는데, 어렴풋하게 멜로디를 따라 부르며 눈물을 흘리는 그들에게, 언제고 내가 찾아가 공연을 해 주겠다고 약속했었다.

그러고 보면 작은 약속이 공연으로 이어진 일이 많다. 대개 타인과의 약속이 인사치레에 가까운 경우가 많은 걸 감안하면, 대부분 나 자신과의 약속을 지키기 위해 공연한 것으로 봐야 할 것 같다. 다소 시간이 걸릴 때도 있었지만, 계속 기억하며 하나하나 지켜 나갔다. 앞으로도 지켜야 할 약속이 많다. 난 항상 그것을 다 지킬 수 있다고 믿는다. 제대로 산다는 것이 그런 것 아닐까. 내가 하고 싶었던 일, 하기로 마음먹은 일, 해야 할 일을 하나하나 이뤄가는 과정….

나는 음악을 하는 사람이기에, 그런 일들 대부분이 공연과 관련되어 있다. 그렇게 내 힘닿는 데까지 내가 가고 싶은 곳과 나를 필요로 하는 곳에 가서 공연을 하며 살 것이다. 그리고 거기에 내가 좋아하는 것들을 추가할 것이다. 바로 여행과 도전과 나눔이다. 이 세 가지를 추가하면 평생 공연만 하는 음악가의 삶에 많은 일이 생긴다.

Metropolitan Transit System

an Diego Trolley

**MTS**

미국 샌디에이고

미국 미네소타 공연도 마찬가지였다. 비행기로 날아가 이틀 동안 공연하고 돌아오면 내 임무는 끝나는 거였다. 하지만 그건 내게 너무 무미건조하고 비효율적인 일이었다. 머나먼 미국까지 가서 달랑 이틀 공연하고 돌아오는 건 여러모로 아쉽지 않은가. 나는 이틀 공연 일정에 3개월을 추가했다. "미국을 돌자!" 내가 이렇게 말하자, 매니저가 어이없다는 듯한 표정으로 태클을 걸었다. 어렵게 국립극장에서 공연을 했는데, 여기서 계속 치고 올라가야지 몇 개월씩 자리를 비우면 어떻게 하냐고. 결론은, 지금 가면 안 된다는 얘기였다. 이미 나는 이런 상황에는 이골이 날 정도로 익숙했다. 내 돌발적인 행동으로 평생을 사람들과 부딪쳐 왔고, 그때마다 나는 능숙하게 상대를 설득했다. 이번에도 예외일 수 없었다. "지금 아니면, 평생 언제 미국 돌아볼래? 너 미국 알아? 미국 가봤어?"

나는 비용 문제도 열심히 움직이면 다 해결할 수 있다고 큰소리쳤다. 문제는 어떤 아이디어를 내고 어떤 콘텐츠를 만드느냐에 달렸을 뿐이다. 미국 대륙을 차를 타고 달린다. 그 차에 트레일러를 연결해 한국을 알린다. 한국 기업을 알린다. 피아노를 싣고 다니면 그 자체로 상징적인 도전이 된다. 로드 투어를 하면서 사진도 찍고 영상도 찍자. 어떤가? 가슴이 뛰지 않는가? 이 정도 정리되면 또 내 특기가 발동된다. 무조건 밀어붙이기. 미루지 말고 당장 실행하기. 나는 라스베이거스에 사는 지인에게 연락해 그곳에서 미네소타까지 이어지는 여정을 계획했다. 원래는 미네소타 공연이 끝나면 동부로 방향을 잡고 뉴욕까지 갈 생각이었다. 그런데 두 번의 답사를 통해 알았다. 미국은, 진짜로 넓었다.

그래도 가는 데까지 가보기로 하고 준비를 서둘렀다. 트레일러를 사고, 보험을 들고, 피아노와 각종 장비를 마련했다. 동행할 동지들도 정해졌다. "트레일러 옆면을 뜯어 대형 텔레비전을 붙이면 어떨까? 영상을 틀고 다니는 거야!" 그래서 LG디스플레이에 있는 지인에게 연락했다. 정말 멋진 아이디어라며, 어떻게든 지원에 힘쓰겠다며 응원했다. 그러나 대기업의 후원체계는 까다롭고도 복잡한 법. 절차에 따라 몇 단계를 보고한 후에도 결제, 실행, 입금까지 오랜 기다림이 필요했다. 대기업에 다녀 본 적이 없는 내가 대기업에 가서, "특수한 상황일 때는 특수하게 해결해야죠."라고 한 소릴 했다.

라스베이거스에서 받기를 원했던 디스플레이 패널은 결국 미국 도착 일주일 뒤 미네소타로 날아왔다. 그 정도만 해도 아주 빠른 처리였을 것이다. 그리고 운영비 명목의 소정의 후원금은 두 달이 지난 후에야 입금되었다. 그래도 미국 투어를 성사시켜 준 고마운 기업이다.

나는 미국에서 촬영한 사진과 영상 등을 지금까지도 공연 중에 틀면서 소신껏 홍보하고 있다. 독특한 발상이었는데도 문화 발전을 위해 기꺼이 후원을 해 준 멋진 기업을 청중에게도 알리고 싶어서

다. 그렇게 70일간의 대장정이 시작되었다. 캘리포니아에서 출발해 네바다, 콜로라도, 네브래스카를 거쳐 미네소타에 도착해 공연을 하고, 그다음에는 갔던 길을 되짚는 대신 약간 위쪽 경로를 택해 노스다코타, 몬태나, 아이다호, 유타, 네바다를 거쳐 다시 캘리포니아로 왔다.

나는 여행과 사진을 좋아한다. 남들이 쉽게 할 수 없는 특별한 여행과 쉽게 담을 수 없는 사진을 좋아한다. 그리고 그런 사진과 영상이야말로 차별성을 갖춘 멋진 콘텐츠가 될 거라고 믿는다. 여행은 여행으로 끝나지 않는다. 다녀오고 나서 무엇을 어떻게 하느냐에 따라 여행은 작품이 되고 사업이 되고 인생의 전환점도 될 수 있다. 피아니스트의 사진도 그렇다. 공연장이나 스튜디오에서 피아노를 배경으로 찍는 사진은 너무 뻔하고 재미없지 않은가.

나는 울산 간절곶 바위 끝에 피아노를 올려놓고 새벽 4시부터 기다려 동 트는 광경을 담은 적이 있고, 썰물 때 드러난 갯벌 위에 피아노를 내려놓고 사진을 찍은 적도 있다. 나중에 차마고도나 마추픽추, 영상 50도의 폭염이나 영하 30도 혹한의 장소에도 가보고 싶다. 그중 가장 가고 싶은 곳은 남극이다. 남극의 연구기지를 방문해 남극 투어 공연을 하고, 펭귄 수천 마리를 관객 삼아 공연하는 장면을 담고 싶다. 조만간 이뤄지지 않을까.

미국 캘리포니아 데스밸리

이렇게 극한 환경을 좋아하는 내가 미국에서 꼭 가보고 싶었던 곳이 바로 데스밸리(Death Valley National Park)였다. 데스밸리는 캘리포니아 주와 네바다 주에 걸쳐 있는 국립공원이다. 국립공원이라고는 하지만, '죽음의 계곡'이라는 이름처럼 악명 높은 곳이다. 한여름 기온이 섭씨 50도를 훌쩍 넘어 차량 진입조차 어렵다는 죽음의 계곡. 나는 로스앤젤레스에서 출발해 400킬로미터를 달려 태양이 작열하는 데스밸리에 도착했다. 5월이라 충분히 견딜 수 있는 날씨였지만, 기온이 40도를 웃돌았고 체감온도는 측정불가였다. 온몸이 타는 것 같아 오래 있다가는 쓰러지든가, 사라지든가 둘 중 하나가 될 것 같았다.

데스밸리는 서반구에서 고도가 가장 낮은 곳인데, 특히 배드워터(Bad Water)라는 지역이 유명했다. 해수면보다 낮은 해발 마이너스 85미터에 소금사막이 형성된 곳이었다. 바닷물이 증발해 300미터의 소금층을 형성한 길, 나는 그곳에 아코디언을 메고 걸어 들어갔다. 더 들어가면 돌아 나오지 못할 것 같은 불안감이 엄습할 즈음, 멈춰 서서 연주를 시작했다. 가장 낮은 지면이었는데도 태양 바로 밑에 서 있는 듯 뜨거웠다. 연주를 시작하자마자 금세 얼굴이 벌겋게 달아올랐다. 멤버들은 신이 나서 사진과 영상을 담았다. 그리고 약속이라도 한 듯, 동시에 '이제는 나가야 한다'고 느꼈다. 마실 물도 준비되지 않은 상황에서 목과 얼굴은 심하게 타오르고 눈앞에는 하얀 것이 가물거렸다.

데스밸리를 빠져나오면서 뜻밖의 기적을 목격했다. 하나는 자연이, 또 하나는 사람이 보여 준 기적이었다. 소금사막을 나오는데 물이 고인 곳이 있었다. 소금 결정체도 보였다. 증발되지 않고 남은 바닷물은 신비롭다 못해 불가사의해 보였다. 알아보니 이곳에도 식물이 자라고, 다람쥐와 여우 등의 포유류와 뿔도마뱀도 산다고 했다. 바다가 말라 버린 땅, 더는 생명이 존재할 수 없을 것 같은 이런 곳에도 물과 생명이 있었다. 기적과 같은 일이었다. 어떠한 환경에서도 희망의 끈만 놓지 않는다면 살아남을 수 있다는 메시지를 주는 것 같았다. 그리고 또 다른 원리를 깨달았다. 극한의 상황은 희소성 있는 작품을 낳고, 그렇기에 생명력이 더욱 길 수 있다는 원리 말이다. 이래서 여행은 배움이다.

아이스커피 한 잔이 간절했지만 데스밸리는 벗어나는 길도 쉽지 않았다. 데스밸리 전체 길이가 220킬로미터다. 그러니 기온이 최고조에 달했을 때 타이어가 터지거나 그로써 최악의 경우 죽을 수도 있다고 경고하지 않던가. 부지런히 달려 이제 위험지대는 벗어났다고 생각할 즈음, 허름한 건물이 나타났다. 명색이 국립공원인데 매점 하나 없을까 했는데, 아주 작게 'COFFEE'라고 써 있는 간판이 보였다. 갈 길이 멀었기 때문에 테이크아웃을 하기로 하고 잠시 정차했는데 한 남자가 다가왔다.

"아티스트입니까?"

"네. 저는 한국에서 온 피아니스트입니다."

그는 트레일러를 보고 그렇게 물었고 무척 반가워했다. 미국에 있는 동안 나는 트레일러 디자인을 세 번 바꾸었는데, 그때마다 팀원들이 직접 그림을 그렸다. 그림에 소질이 있는 사람이 없었지만 나는 페인트를 사와 아무 그림이나 그려 보자고 했다. 처음엔 미국 투어에 응원을 해 준 기업의 로고를 부착했다가 그림으로 바꾸었다. 같은 모양은 재미가 없으니까. 그림도 두 번 바꾸었다. 데스밸리에서 그 남자가 본 트레일러의 그림은 'theater(극장)'라는 단어와 전 세계 관객이 열광하는 장면을 담고 있었다. 남녀노소가 〈피아노와 이빨〉에 환호하고 눈물 흘리는 가운데 오바마 부부도 보였고 미국의 인기 만화 주인공인 심슨도 보였다.

이렇게 설명하면 대단한 작품 같지만 아까도 말했듯이 그림 실력이 있는 스태프는 없었다. 물론 나는 극찬하며 그들을 북돋았지만, 스태프 스스로 일주일 만에 그림을 전격 교체했다는 사실을 밝히지 않을 수 없다. 그런데 그림에 있는 'theater'란 글자를 보고 이렇게 반가워하는 것이다. 우리는 아이스커피를 들고 빨리 가야 하는데, 대화가 길게 이어졌다.

그 남자는 자신이 오페라하우스의 관장이라며 혹시 시간이 되면 자신을 따라오라고 했다. 죽음의 계곡 끝에 오페라하우스가 있다니? 그가 가리킨 건물을 보니, 투박한 공장 건물 같은 곳에 'AMARGOSA OPERA HOUSE'라고 쓰여 있었다. 페인트로 대충 써 놓은 이름이었다. 그가 조명을 켜 놓겠다고 하면서 먼저 들어갔다. 커피를 마시며 그가 가리킨 건물로 다가갔는데, 입구엔 관객들이 드나든 흔적이 전혀 안 느껴질 정도로 건초가 무성했고 거미줄도 많았다. 이런 데가 무슨 오페라하우스라는 건지…. 커다란 철문을 열고 들어서는데 나는 또 기적을 보았다!

조명이 켜진 무대, 왕족과 귀족으로 보이는 관객들을 가득 그려 넣은 벽화와 100석이 조금 넘을 듯한 객석이 아기자기하면서도 화려한 모습을 뽐내고 있었다. 관광객 말고는 거의 인적이 드문 데스밸리, 그 끝자락에 위치한 거미줄 쳐진 낡은 건물. 그 안에서 '오페라하우스'를 만나다니! 눈물이 날 것만 같았다. 그랜드 피아노 한 대가 눈에 들어왔다. 그는 피아노를 쳐 보겠냐고 물었다. 100년 된 피아노라고 했다. 이 오페라하우스에서 피아노를 연주한 적은 두 차례뿐. 그는 "당신이 이 오페라하우스에서 세 번째로 연주하는 음악가입니다."라며 다소 흥분된 목소리로 말했다.

붉은 덮개를 걷어 내자, 100년이라는 세월이 무색할 정도로 반질반질하게 잘 닦인 까만색 피아노가 광채를 빛내며 모습을 드러냈다. 나는 30분간 연달아 몇 곡을 연주했다. 이런 것이 기적이 아니고 무엇인가. 이곳을 만든 사람은 발레리나인데, 여든이 넘은 나이에도 무용을 하고 있고, 40년간 혼자 오페라하우스를 꾸며 왔다는 것이다. 벽화도 그녀가 직접 그렸고 직접 여기서 무용 공연을 한다고 했다. 관객은 오냐고 물었더니, 공연을 하면 두세 시간씩 운전을 하고 오는 관객들로 항상 만석이 된다고 했다.

관광객 말고는 거의 인적이 드문 데스밸리, 그 끝자락에 위치한 거미줄 쳐진 낡은 건물.
그 안에서 '오페라하우스'를 만났다. 그곳에 100년 된 그랜드 피아노가 있었다.

아마고사 오페라하우스

나는 꿈을 꾸는 듯했다. 연주를 마치자 그가 '브라보'를 외치며 열렬히 환호했다. 그리고 꼭 이곳에서 공연을 해 줬으면 좋겠다고 했다. '죽음의 계곡 콘서트.' 참 멋지겠다 싶었다. 나 또한 이 오페라하우스에서 공연할 수 있으면 영광일 거라고 답했다. 약속할 순 없지만 꼭 다시 올 수 있기를 희망한다고 덧붙였다. 불과 한 시간 전까지 타는 듯한 태양 아래, 미국에서 가장 낮은 분지에 있다가 눈부신 오페라하우스에서 피아노를 연주하고, 라스베이거스로 이동을 한다. 저 멀리서 라스베이거스의 거대한 불빛이 밤하늘을 밝히며 우리를 맞이한다. 여행이란 하루에도 몇 번씩 위험을 만나고 기적을 경험하는 일이다. 세상에 존재하는 라이브를 직접 체험하는 일이다.

# 길에서 배우는 것들

하루에 700마일(약 1120킬로미터)을 달려도 지도상으로는 아주 조금 이동했을 뿐이다. 몇 시간씩 직진도로가 지루하게 이어지곤 한다. 역시 우리나라처럼 곡선과 굴곡이 많은 도로가 운전하기는 덜 지루하다. 두세 시간 꼬박 직진으로 달릴 때면 최면에 걸린 듯 몽롱해진다. 차가 달리는 길도 이런데, 사람 사는 길이라고 다르겠는가. 직진은 재미없다. 나처럼 구불구불 드라마틱한 인생길이 삶을 지루하지 않게, 윤택하게 해 주는 법이라고…, 도로 위를 달리며 그걸 다시 깨닫게 된다.

미국이란 나라에는 확실히 낯선 풍경이 많았다. 바람과 물과 공기가 20억 년에 걸쳐 빚어 낸 협곡들, 아무 곳에서나 쉽게 만날 수 있는 자연 그대로의 지형들…. 어찌 보면 뭐 그리 대단할 것도 없는데, 하나같이 그럴듯하게 포장해 세계적인 관광지로 가치를 높여 놓은 것을 보면 혀를 내두르지 않을 수 없었다. 훼손되지 않게 잘 보존하는 정신도 위대하고, 포장을 잘해서 가치를 높이는 능력도 대단하다. 미국은 그런 걸 잘하는 나라였다.

우리는 내비게이션의 안내대로만 움직이지 않았다. 진정한 의미의 로드 투어를 만끽하기 위해, 때때로 이동하는 지역을 바꾸거나 머무는 날을 늘리기도 했다. 길은 우리에게 끊임없이 많은 생각을 던져 주었다. 어떤 곳에선 고속도로 양옆에 총천연색 꽃길이 펼쳐졌다. 그 풍경이 무척 아름다워 졸음도 잊고 촬영을 하며 감탄을 했다. 그런데 그 꽃길이 세 시간이 넘도록 같은 모습으로 이어졌다. 세 시간을 이동하는데도 이동하지 않고 제자리에 머무는 것만 같은 최면, 다시 졸음이 쏟아진다. 마구잡이로 쌓여 있는 돌산이 있다. 크고 작은 바위들로 돌산이 형성된 특이함에 놀라워하면, 그 장면이 또 두세 시간씩 이어진다. 《어린 왕자》에 나오는 선인장을 봤을 때도 그랬고, 대규모 포도농장과 오렌지농장을 지나칠 때도 그랬다. 보통 기본이 두세 시간이다. 거대함과는 애초에 승부를 할 수 없다고 두 손을 들고 말았다.

어린 시절, 미국과 유럽의 연주자들이 가진 체력과 힘을 어떻게 뛰어넘을 수 있을까 고민하던 일이 떠올랐다. 게임 방법이 달라야 한다. 거대함과 상대하려면 크기가 아닌 다른 것을 주 무기로 내세워야 한다. 또래 친구들이 현란한 주법을 연습하며 연주력을 자랑할 때도, 나는 건반을 꾹꾹 누르는 연습을 했다. 친구들은 선생님이 가르쳐 준 대로 손을 건반 위로 우아하게 올렸다 내리며 피아노를 쳤지만, 나는 단 한 번도 손을 올리지 않았다. 나에게 그 행위는 아름다움이 아닌 에너지 낭비에 가까웠다. 그 시절엔 왜 그랬는지 몰랐지만 나는 나만의 연습을 한 거였다. 내 소리에 관심을 가졌다는 증거다. 어떤 곡을 연주해 내느냐가 아니라, 어떤 '소리'를 내느냐에 관심을 가지고 고민하며 싸웠다. 그리고 그것이 나에게 맞는 올바른 연습이었다는 것을 나중에 알게 되었다. 연습 방법이 달라야 한다. 삶을 사는 방법이 달라야 한다.

미국 라스베이거스

# 길 떠난 피아노

　총 11개 주 40개 도시, 중복 방문한 곳들을 합하면 2만 킬로미터가 넘는 거리를 다녔다. 서울과 부산을 50번가량 주행한 거리다. 주를 넘나드는 동안, 며칠 사이로 사계절을 경험하기도 했다. 라스베이거스에서 여름옷을 입고 에어컨을 틀며 출발했는데, 유타 주에 들어서니 눈이 펑펑 쏟아졌다. 여름옷에 겨울옷을 껴입고, 다시 긴 소매에서 반소매로… 지역이 바뀔 때마다 기온에 맞춰 옷을 바꿔 입어야 했다. 미국에 있는 석 달간 수시로 계획이 바뀌었다. 태어나 처음 밟는 낯선 땅을, 그것도 장기간 여행하는 사람들에게 사전에 짜인 프로그램이란 게 원래부터 무의미했는지도 모른다. 매 순간 최적의 선택과 집중이 필요할 뿐이다.

　일정이 연거푸 바뀐 데에는 경제적 이유도 있었고, 동행하는 사람들의 사정도 한몫했다. 미국 투어 비용을 대부분 스스로 조달했는데, 기업 후원금 지급이 늦어져 로스앤젤레스의 하숙집 방 두 칸을 빌려 한 달 가까이 머물기도 했다. 사람들은 내가 매사에 즉흥적이고 돌발적일 거라 생각하지만, 예산을 짜는 일이나 돈 관리에서는 치밀할 만큼 꼼꼼한 편이다. 일행이 몇 명이든 함께 움직이는 동안 돈이 떨어지는 일이 없도록 항상 모든 변수를 머릿속에 계산해 두곤 한다. 그런 내가 미국에서 자금 부족에 시달리며 로스앤젤레스의 허름한 하숙집에서 한 달 동안 발이 묶여 버렸으니….

풍족한 상태로 출발했다면 애초에 계획했던 뉴욕까지 갔을지도 모른다. 나는 너무 무리해서 덤벼들지는 말자는 결론을 내리고, 캘리포니아 주를 더욱 속속들이 돌아보기로 했다. 그것이 최선이었다. 그 결정을 내리기 전에 이미 투어 인원이 여섯 명에서 네 명으로 줄었다. 긴 여행을 처음부터 끝까지 모든 멤버가 함께하기란 참으로 쉽지 않은 일이다. 함께 여행을 끝내도 그것으로 마지막이 되는 경우도 있다.

나는 한 공연장에서 3년간 거의 매일 공연을 하며 수없이 많은 사람을 만났다. 수많은 만남과 헤어짐을 겪으면서도, 나는 매일 같은 시각에 같은 자리에서 공연을 했다. 인간관계에 대해 어느 정도 초연한 척할 만큼 내공이 쌓였다는 생각이 들 무렵, 최정예 멤버만을 추려 미국으로 갔건만…. 하긴 반전이 없다면 인생사가 재미나지 않지. 의외의 일과 맞닥뜨릴수록 나는 더욱 힘이 솟아난다.

자생력이란 결핍에서 피어나는 것이다. 자생력을 키울 수밖에 없는 환경, 즉 악조건에서 생겨나는 법이다. 멤버가 여섯 명에서 네 명으로 줄자 더욱 자유롭게 여행할 수 있었다. 그래서 캘리포니아 주

를 신나게 다니고, 애리조나 주까지 갔다 왔다. 어떤 일을 잘 감당하던 사람이 없어지면 흔히들 걱정부터 앞세운다. 남아 있는 사람에게 그 역할을 하게 하면 되는데 말이다. 오히려 더 잘한다. 피아노를 내릴 힘이 부족할 땐 주변 현지인에게 도움을 청했다. 다들 흔쾌히 다가와 도와줬다. 영어가 서툴러서 문제될 것도 없었다. 말이 안 되면 눈빛과 표정, 손짓, 발짓 다 동원하면 통했다.

그렇게 직접 부딪쳐 보니 미국인 대부분이 친절하고 배려심이 깊다는 것을 느낄 수 있었다. 특히 그들은 '내가 하지 않는 일'을 하는 사람을 존중하고 '내가 못하는 일'을 하는 사람에게 경의를 표했다. 사회적 약자를 배려하는 한편, 작은 성과라도 나름의 가치를 인정하고 축하할 줄 알았다. 거리에서는 휠체어를 탄 장애인이 환한 표정으로 자유롭게 다니는 모습을 쉽게 볼 수 있었다. 어느 마트 입구에서는 전신마비 장애가 있는 안내원이 누운 채로 고객을 맞으며 환한 얼굴로 인사를 건넸다. 사회적 약자를 배려하는 시스템, 그렇지만 그들을 대하는 시선은 유별나지 않다는 점이 더 감동적이었다.

또 미국인은 아티스트를 황송하리만큼 대우하는 경향이 있었다. 길에서 만나 대화를 나눈 어떤 영화감독은 내가 앨범 한 장을 선물했더니, 기어코 돈을 건네며 대신 사인을 해 달라고 했다. 공짜를 싫어하는 문화 탓도 있겠지만, 진심으로 아티스트의 작품을 값싸게 여기지 않는 자세를 느낄 수 있었다.

한번은 고속도로를 달리다가 속도위반을 한 적이 있었다. 어디선가 경찰차가 나타났다. 그런데 트레일러 달린 차를 보더니 이것저것 묻기 시작했다. 미국에서는 트레일러를 흔하게 볼 수 있다. 일반 가정집 마당에서도 어렵지 않게 볼 수 있을 정도다. 경찰은 우리 차에 그려진 그림을 보고 재미있어 했다. 내 직업을 묻기에 피아니스트라고 했다. 공연 자료를 보여 주니, 700회 넘게 공연을 했다는 사실에 "어메이징! 원더풀!"을 외치며 엄지손가락을 세웠다. 속도위반에 걸린 차량을 세워 두고 참 별걸 다 물어본다고 생각했지만, 나도 아주 친절하게 미소로 답했다. 그랬더니, 그냥 가란다. 다음에 또 걸리면 그땐 용서하지 않겠다며… 와, 이런 일도 다 있구나!

이 얘기를 미국에 30년째 사는 지인에게 했더니, 말도 안 되는 소리 하지 말라고 했다. 절대 그럴 리가 없다는 것이다. 특히 교통법규 위반에 대해선 철저한 사람들이라고, 인정에 호소하며 매달리기라도 하다간 벌금만 과중된다며 있을 수 없는 일이라고 했다. 세상은 그런 거다. 있을 수 없는 일이란 없다. 말도 안 되는 소리가 말이 되는 경우를 나는 무수히 봐 왔다. 물론 그런 행운은 아무에게나 일어나지 않는다. 나는 이런 사람이다.

# SOLVANG FESTIVAL THEATER

## THEATERFEST

420 NOW PLAYING

PCPA
THEATERFEST
SANTA MARIA
SOLVANG

Les Misérables

The 25th Annual Putnam County
SPELLING BEE

THE MUSIC MAN

THE SPIT FIRE

DISTRACTED

JULY 17 – AUGUST 1

AUGUST 7–23

AUG 28 – SEP 13

AUG 28 – SEP 20

TICKETS 805-922-8313    GROUPS        WWW.PCPA.ORG

# 3000명 대 21명

　미국에서 계획보다 일주일 앞당겨 귀국했다. 부산 시민회관 문화
예술팀에서 무조건 빨리 들어와 달라는 연락이 왔기 때문이다. 부산
시민회관은 미국에 가기 전 한 차례 공연을 하면서 인연을 맺은 곳
이다. 갑자기 취소된 공연이 있는데 그 자리를 메울 수 있는 사람은
나밖에 없다는 것이었다. 다급한 상황에 무슨 말을 못 하겠냐 싶었
지만 나는 긴 얘기도 안 듣고 '알겠습니다' 했다.

　항공사에 연락해 귀국 일정을 조정했고, 오자마자 바로 다음 날
부산으로 내려갔다. 짐도 풀지 못하고 시차에 적응할 시간도 없이.
부산 시민회관 공연 타이틀은 '부산이 낳은 피아니스트'의 '미국 투
어 성공 기념 귀국 콘서트'로 정해졌다. 부산 방송과 신문 등에도
'부산이 낳은 피아니스트'라며 대대적으로 광고했다. 쑥스러운 찬
사였지만 기분은 좋았다. 그래, 이제 다시 시작이다.

　예전에 나는 '부산에서 다시 공연을 하게 되면 문화 소외지역이
나 환경이 열악한 학교에도 찾아가 공연을 하고 싶다'는 뜻을 밝힌
적이 있었다. 부산 시민회관 공연과 함께 그 계획도 추진했다. 마침

부산 시민회관과 자매결연을 한 학교가 있었다. 1학년부터 6학년까지, 전교생이 21명인 초등학교. 부산 가덕도 옆 눌차도라는 작은 섬에 위치한 눌차초등학교였다(부산에서 학생 수가 가장 적었던 학교로 2010년 폐교되었다).

나는 시민회관 공연 다음 날 이 학교를 방문해 공연을 열기로 결정했다. 하루는 1500석 공연장에서 두 차례 공연을 하며 3000명의 관객을 만나고, 바로 다음 날엔 21명의 관객을 만나게 되는 것이다.

부산 시민회관 공연은 대성공이었다. '밴드'까지 무대에 올려 더욱 강렬하게, 석 달간 축적된 에너지를 전부 쏟아 냈다. 역시 나는 공연을 해야 에너지가 제대로 발산되는 사람임을 재차 확인하며, 여행 후유증을 느낄 새도 없이 다음 날을 맞았다.

눌차도는 당시 가덕도와 연결하는 다리를 새로 짓는 중이었다. 기존의 다리는 좁아서 경차만 다닐 수 있었다. 우리는 경차를 이용해 다리를 왔다 갔다 반복하며 공연 장비와 짐을 운반했다. 섬에 도착한 후에도 언덕길을 한참 걸어 올라가야 했다. 학교까지 가는 길이 만만치 않았다. 시민회관 직원들과 함께 학생들에게 줄 선물을 나눠 들고 굽이진 길을 몇 차례 오르락내리락하니, 눈앞에 동화같이 작고 예쁜 학교가 나타났다. 바다가 내려다보이는 천혜의 자연과 벗삼은 곳에 이토록 아름다운 학교가 있다니! 전교생 21명은 그마저도 유치원생 5명이 포함된 인원이었다.

1학년부터 6학년까지 16명. 관객은 아이들 21명과 그들의 부모님, 학교 선생님들이 모여 50명가량 되었다. 공연 장소는 강당이었는데, 대부분의 시골 학교가 그렇듯 교실 두 개를 합친 다목적실이었다. 어차피 그랜드 피아노는 운송조차 하기 힘든 곳이었기에, 학교에 있던 오래된 피아노를 수리하고 다목적실을 최대한 꾸미기 시작했다. 무대조명 효과를 내기 위해 형광등을 빼고 백열전구를 달았다. 공연장처럼 꾸밀 수 있는 재료가 턱없이 부족했다. 그래서 피아노가 놓인 교실 앞을 무대로 삼아 바닥에 선물을 쌓아 장식했다. 아이들에게 나눠 줄 간식과 학용품, 장난감 등을 피아노 옆에 풀어 놓으니 제법 분위기가 부드러워졌다. 이곳 아이들은 마음만 먹으면 육지로 나가 공연을 볼 수도 있고, 정기적으로 시민회관에서 초청도 해 주어 비교적 문화 혜택을 누리고 있었지만, 이렇게 학교에서 피아니스트를 직접 만나는 것은 처음이라고 했다. 아이들에게는 큰 이벤트인 셈이었다.

나는 아이들은 물론이고 그들의 부모에게도 관심이 많다. 먼저 용기를 내야 할 당사자가 부모이기 때문이다. 부모는 자녀를 믿고 오래 기다리며 끊임없이 용기와 희망을 주어야 한다. 그래서 먼저 부모의 용기가 필요하다. 나는 공연을 보고 어른들이 눈시울을 붉히며 박수를 칠 때, 감동을 받는 한편 먹먹함도 느낀다. 제발… 그렇게 아이들에게도 박수를 쳐 주며 칭찬을 해 주라고 말하고 싶다. 아이의 성적이 어떻게 나오든, 어떤 성격이든 너무 걱정하지 말고 사랑으로 기다려 주라고⋯. 그래서 때때로 나는 아이를 교육하는 부모님과 선생님들에게 들려주고픈 이야기로 공연을 구성한다. 눌차초등학교 공연이 그랬다.

3000명 대 21명. 화려한 조명과 함성이 가득 찬 '대형 콘서트홀' 대 희미한 백열등 아래 아이들의 짓궂은 웃음과 합창이 어우러진 '조그만 다목적실.' 이틀 동안 나는 똑같이 '최고'의 공연을 경험했다. 그리고 앞으로 내가 오를 무대는 바로 어제와 오늘 같은 무대가 되어야 한다는 걸 깨달았다. 전국의 유명 콘서트홀이나 세계의 유명 무대에서도 공연을 하겠지만, 그런 곳에 오지 못할 환경에 처한 사람들에게는 내가 직접 찾아가야 한다고. 나는 음악을 하면서 방송이 아닌, 공연을 택했다. 언제나 라이브 현장에 있었고, 관객을 직접 만났다. 내가 선택한 '공연'은 다시 나에게 숙제와 사명을 안겨 주었다. 내 피아노에 가치를 담아야 한다고. 윤효간의 피아노는 완전히 달라야 한다고⋯.

# 윤효간 스타일

사람은 한평생 살면서 몇 번 바뀔까? 몇 번의 결정적 순간을 만나 변화하게 될까? 사실 누구에게나 몇 번의 터닝 포인트는 찾아올 것이다. 그렇지만 결정적인 전환점이 찾아왔음을 느끼고 그것을 선뜻 받아들여 발전의 계기로 삼을 수 있는 사람이 얼마나 될까. 거기엔 용기와 지혜가 필요하다. 흔히들 내세우는 현실적 문제로 설령 매우 중요한 전환을 실행에 옮기지 못한다 해도 나는 그 결정을 존중한다. 때로는 터닝 포인트의 코앞에서 '터닝'하지 못하는 것 역시 용기가 필요하기 때문이다. 한 달에 정기적으로 들어오는 생활비를 우리는 쉽게 포기하지 못한다. 먹고, 가르치고, 생활을 유지하는 것도 중요하니까. 그러나 진정 중요한 터닝 포인트가 다가왔을 때, 생활비 버는 일을 잠시 접는 것이 과연 '포기'에 해당할까? 생각해 볼 일이다.

나는 그 어떠한 형태든 각자의 삶을 존중하는 편이다. 그러나 한 가지, 나는 절대로 하지 않는 말이 있다. '먹고살기 위해서'라는 말이다. 말하는 사람도 듣는 사람도 결코 좋은 기운을 나눌 수 없는 불행한 대사다. '먹고사느라', '먹고살기에 바빠서', '먹고살아야 하기 때문에' …. 그렇게 결론을 내리고 죽을 때까지 '가지 못한 길'에 대한 회한을 되새김질하며 사는 사람이 얼마나 많은가. 행복지수 하향 평준화에 이바지하면서 말이다. 과연 어떤 삶이 가치 있고, 행복하고, 용기 있는 삶일까?

나는 나이 마흔 넘어 그 답을 찾았다. 그것은 바로 삶의 가치와 행복과 용기를 타인과 나누는 삶이다. 나의 성공과 행복으로 사람들에게 좋은 영향을 줄 수 있는 삶, 나만 잘 먹고 잘사는 데 연연하지 않고 '나눔'을 실천하는 삶 말이다. 나이 마흔까지 내 인생의 터닝 포인트는 두세 번 찾아왔다. 가출부터 시작해 음악을 하면서 몇 차례 팀에 들어가고 나온 순간이 거기에 속한다. 그런데 마흔을 넘긴 후 약 10년 동안은 터닝 포인트가 열 번도 넘게 찾아온 것 같다.

본격적인 모든 것이 거의 사십 넘어서 시작되었다. 그 시절을 그래프로 그리면, 분명히 급격하게 오르락내리락하며 들쭉날쭉한 모양을 보일 것이다. 200지점이었다가 2로 내려가거나 1500이었다가 –150 혹은 간신히 70쯤 올랐다가 –2000으로 뚝 떨어지는, 결코 흔치 않은 모양의 그래프, 그게 내 삶이었다.

사실 나는 터닝 포인트를 직접 만들며 살았다. 하늘에 행운을 빌어 보기도 했고, 감나무 아래서 감이 떨어지길 기다려 보기도 했다. 아무 소용이 없었다. 그렇다면 직접 행운을 만들고 감을 딸 수밖에. 나는 남의 감나무에 올라가는 대신, 감나무를 직접 심기로 결정했다.

국립소록도병원

나이가 들며 나만 잘먹고 잘산다고 해서 삶이 행복하지 않다는 것을 깨달았다.
나의 성공과 행복으로 사람들에게 좋은 영향을 줄 수 있어야 행복하다는 것도 알았다.

따 봐야 몇 개 안 되는 감에 집착하지 않고, 시간이 걸리고 성공 확률이 희박하다고 하더라도 직접 감나무를 심는 쪽을 택한 것이다. 나이 사십 넘어 그걸 언제 키워 따 먹느냐고 주위에선 참 부지런히도 반대를 했지만, 사실 나에겐 그게 제일 재밌고 나다운 방법이었다.

윤효간 스타일, 그게 진짜 윤효간 스타일이다. 남들도 다 따 먹을 수 있는 감은 쳐다보지도 않는다. 내가 심으면, 그건 오로지 내 나무고 평생 따 먹을 수 있으며 누구 허락 안 받고 다른 사람들에게 나눠 줄 수도 있다. 감나무 하나로 수백 가지 일을 할 수 있고 주변을 디즈니랜드처럼 만들 수도 있다. 얼마나 재미있고 가치 있는 일인가.

삶이란 참 녹록하지 않아서 때로는 스스로 행운을 만들어야 한다. 중요한 것은 때로는 불행도 만들어 낼 줄 알아야 한다는 사실이다. 그것이 바로 용기다. 불행을 만들어야 행복이 온다. 0을 만들어야 10을 얻고, 그래야 100이나 1000도 얻는다. 10이 7부터 시작하거나 1000이 890부터 시작하는 법은 없다. 따라서 좀 더 과감해질 필요가 있다. 실패하더라도 도전의 계기로 삼으면 된다. 실패한 스토리가 더 좋은 콘텐츠가 되는 경우도 많다. 나는 모든 것을 엎어 버리고 0으로 만드는 데 선수, 시간이 한참 더 걸려도 돌아가는 데 선수, 남들 안 하는 짓만 골라 하는 데 선수다. 실로 다행인 것은, 그런 과정을 통해 진짜 내가 하고 싶은 일을 찾았다는 사실이다.

〈피아노와 이빨〉 공연을 그토록 오래하면서도 나는 한 번도 지루함을 느낀 적이 없다. 오래하면 할수록 나는 내 공연이 정말 재미있다. 내가 하는 연주에 나도 감동받고, 내가 하는 말에 나도 웃는다. 이렇게 좋은 공연, 더욱 많은 사람에게 보여 줘야지. 너무 아깝다. 이렇게 좋은 공연을 모르는 사람들이 많다니, 내가 찾아가서 보여 주자. 서울에 있는 공연장에 오기 힘든 지방 사람들, 매일매일 '먹고 사느라' 바쁜 사람들, 해외 오지의 열악한 환경에서 사는 사람들, 전 세계에 나가 있는 교민들, 나라의 부름을 받은 군인들, 평생 전국을 이사하며 사는 군인가족들, 소방관과 그 가족들, 자원봉사자와 그 가족들…. 나에겐 내게 찾아오는 관객과 내가 찾아가는 관객이 있다. 그래서 더 바빠졌다. 전국 구석구석, 전 세계 곳곳에 감나무를 심어야 하기 때문이다.

# 오스트레일리아 투어, 그 뜨거웠던 겨울

미국 투어 이후 본격적으로 찾아가는 공연을 시작했다. 먼저 2009년 8월부터 '아름다운가게'와 함께 NGO활동가들과 지역주민을 대상으로 한 광주·전남 지역 5개 도시(목포, 여수, 순천, 광양, 광주) 투어 공연을 했다. 봉사하며 사는 사람들은 어려운 사람들을 챙기느라 정작 자신이나 가족에게는 소홀히 할 때가 많다. 상대적으로 문화적 혜택도 덜 누리게 되고, 주인공으로 박수를 받는 경우도 거의 없다. '아름다운가게'와 함께한 이 공연은 그들에게 박수를 쳐 주기 위한 것이었다. 여러분 정말 멋지다고, 아름다운 영웅들이라고….

보통 그런 공연을 하면, 활동가들과 후원자들, 그리고 잠재적 후원자들이 같이 참석한다. 가족들과 함께 말이다. 내가 활동가들을 주인공으로 내세우면, 그들은 가장 가까운 가족에게 자랑스러운 영웅이 되고, 단체에 후원하는 후원자들은 보람을 얻고, 이를 지켜보는 일반인들은 후원을 결심하게 된다. 나눔의 향기는 꽃보다 진하다. 그 향기가 이 사람 저 사람에게 퍼져 나가는 것을 나는 공연을 통해 수없이 보게 된다.

광주·전남 지역 5개 도시 투어는 많은 인연을 만들어 주었다. 그 가운데 하나가 여수와의 인연이다. 공연 후 우연한 기회에 여수세계박람회 준비위원회와 연이 닿았고, 2012년 여수세계박람회가 열릴 때까지 세계 투어를 할 때마다 여수를 세계 속에 알려 달라는 부탁을 받았다. 그렇게 나는 2012 여수세계박람회 국제홍보위원이라는 직함을 얻었다. 그리고 바로 오스트레일리아 투어가 잡혔다. 시드니와 멜버른, 애들레이드에서 총 8회 공연하는 일정이었다.

나는 그 일정에 며칠을 추가해 2009년 12월부터 2010년 1월 초까지 한 달여를 오스트레일리아에서 보냈다. 그러면서 내가 맡은 귀한 역할, 즉 여수세계박람회 국제홍보위원직과 '아름다운가게' 홍보대사직을 성실히 수행했다. 아시아도 아닌 먼 오스트레일리아 땅에서 과연 얼마나 많은 홍보 효과를 거둘 수 있을지 알 수 없었지만, 그래도 가치 있는 일이라 생각했다.

오스트레일리아에서 버스를 빌려 한 면에는 여수세계박람회, 다른 한 면에는 '아름다운가게' 홍보 포스터를 붙였다. 시드니만큼 아름다운 도시가 한국에도 있다는 사실과 한국 토종 NGO '아름다운가게'의 재활용 캠페인을 함께 알리기 위해서였다. 아시아의 작은 나라지만 아름다운 자연환경과 아름다운 나눔이 있음을 강조했다.

나는 예정된 공연 틈틈이 홍보 버스를 타고 시드니 한복판을 누비며 직접 브로슈어를 나눠 주고 사람들을 만났다. 한국을 3개월간 여행했다는 사람도 만났고, 한국을 여행하고 싶다는 사람도 만났다.

공연장에서도 관객들에게 브로슈어를 나눠 주었다. 공연장 브로슈어라면 으레 레퍼토리나 음악에 대한 해설을 담아야 마땅한데, 공연과 관계없는 여수세계박람회와 '아름다운가게'를 소개하는 브로슈어를 나눠 준 것이다. 한국에 다녀온 지 오래되었다는 교민들 중에는 2012년에 꼭 한국에 가서 여수를 여행하겠다는 분들이 많았다. 무엇을 광고하든 공연의 감동이 더해지면 효과가 높아지는 법이다.

2009년 12월 22일, 시드니 오페라하우스에서 공연을 했다. 시드니 오페라하우스의 총 네 개 극장 중 400석 규모의 소극장에서 공연이 열렸다. 소극장이라고 해도 시드니 오페라하우스는 아무나 공연할 수 있는 곳이 아니었다. 최고의 명성을 자랑하는 공연장답게 대관 절차가 여간 까다롭지 않았다. 공연을 주관한 측에서 오페라하우스와 접촉했을 때 오페라하우스 관계자는 연주자의 프로필과 영상을 요구했다. 피아니스트라니까 당연히 어떤 곡을 연주하는지, 어떤 경력이 있는지 알 필요가 있었을 것이다.

몇 년 전, 나는 해외의 한 한국문화원에 공연을 요청했다가 거절당한 적이 있다. 그 나라에 간 김에 교민과 유학생들을 위해 공연을 해 주고 싶다고 요청했던 것인데, 대뜸 어느 학교를 나왔냐고 물었다. 매니저가 대학을 나오지 않았다고 답했더니 다른 자료는 보지도 않고 거절해 버렸다. 그 일로 매니저는 몇 개월을 씩씩대며 속상해했다.

오스트레일리아

그런 전력이 있었던 터라 우리는 시드니 오페라하우스에 어떤 자료를 내는 게 좋을지 잠시 궁리했다. 저쪽에서는 틀림없이 그럴싸한 클래식 피아니스트를 연상했겠지만, 나는 가감 없이 프로필을 작성해서 한국의 동요를 연주한 영상과 함께 제출했다. 현란한 테크닉을 발휘하는 모습이 아닌, 저들이 모르는 음악을 숨넘어갈 듯 느리게 연주하는 모습을 담아 보낸 것이다. 그러고 나서 기대도 안 하고 있었는데 대관을 승인한다는 연락이 왔다. 시드니 오페라하우스 공연장에 들어선 날, 극장 관계자와 음향엔지니어가 환한 얼굴로 다가와 악수를 청했다. "저희 오페라하우스에 오신 걸 환영합니다."

객석은 교민들과 현지인들이 섞여 만원을 이뤘다. 환호를 받으며 공연을 마치니, 관계자와 엔지니어가 다시 찾아와 악수를 청했다. 이어서 엄지손가락을 세우고 박수를 치며 말했다. 다음번엔 대극장에서 만나게 되길 희망한다고.


시드니 공연을 마치고 멜버른으로, 거기서 다시 서오스트레일리아 애들레이드로 이동했다. 교민들과 함께 시간을 나누며 정말 극진한 환대를 받았다. 우리나라 사람들은 실로 밥을 같이 먹자는 얘기로 정을 표현한다. 한 번의 공연이 끝나면, 그날 이후의 식사 스케줄이 빼곡히 잡혔다. 밥 한 번 대접하고 싶다는 사람들이 하도 많아서, 공연도 공연이지만 밥 먹느라 더 바쁜 일정을 보냈을 정도였다. 타국에서 열심히 살아가는 사람들, 대다수가 애국자였다.

Giving new life to used items and hope to neighbors!

사무실에 태극기를 걸어 두거나 한국에 대한 자료를 모아 언제라도 한국을 알릴 준비를 갖추는 등 대부분 한국인이라는 자부심을 잃지 않고 살고 있었다.

요즘은 원할 때면 언제든 한국 소식을 듣고 한국의 가족과 소통할 수 있는 시대지만 그렇다고 자주 왕래하는 일까지 쉬워진 것은 아니다. 길게는 삼사십 년씩 한국에 가보지 못한 교민도 있었다. 동요 연주는 한국에서도 관객의 눈시울을 적시지만, 교민들이 많이 찾는 해외 공연에서는 몇 배나 더 눈물샘을 자극한다. '엄마야 누나야'에서 '따오기'로 이어지면, 벌써 여기저기에서 훌쩍이는 소리가 들린다. 피아노와 눈물 훔치는 소리를 빼면 적막감이 들 정도다. 외로움과 그리움을 억누르는 흐느낌이 들릴 때면 나는 피아노 소리를 더 작게 낸다. 음악보다 관객의 숨죽인 울음이 공연의 의의를 더욱 살려 주는 순간도 있는 법이다.


서오스트레일리아의 애들레이드라는 곳은 젊은 유학생 관객이 많았다. 내 공연의 장점이 중년은 중년대로, 청년은 청년대로 감동을 느낀다는 것이다. 20대의 시기는 진로를 선택했든 안 했든 미래에 대한 불안감을 많이 느끼는 시기다. 특히 유학생들은 한국에 돌아가 또 어떤 공부를 해야 할지, 어떤 진로를 택해야 할지 고민이 많았다. 아 이러니한 것은 대학 문턱에도 가지 않은 내가 대학생이나 유학생, 나아가 대기업에 다니거나 교육자의 길을 걷는 사람들에게도 위안이

된다는 사실이다. 나를 보며 용기를 얻는단다. 그리고 나처럼 살고
싶다고들 한다. 좋아하는 일을 하며 돈도 벌고, 여행도 하고, 보람도
느끼는 삶. 그렇게 살고 싶다고 말하면서 저마다 어려운 상황을 털어
놓는다. 여러 가지 사연을 지닌 그들에게, 학력과 무관한 현재의 내
삶이 자극이 되고 어떤 계기가 된다는 것은 참으로 감사한 일이다.

12월 말, 한국은 혹한의 추위 속에 폭설까지 내렸다는데 내가 머
물던 오스트레일리아 애들레이드는 영상 40도를 웃돌았다. 아침 8시
기온이 39도였다. 그렇게 뜨거운 겨울을 보내며 애들레이드에서
2010년을 맞았다. 애들레이드에서의 모든 공연을 마치고 다시 시드
니로 돌아왔다. 공연 일정은 끝났지만 내가 약속한 일정이 남아 있
었다. 여수세계박람회와 아름다운가게 홍보. 북적이는 시드니 일대
를 돌아다니며 열흘을 더 보냈다. 역시 빼곡한 식사 스케줄을 소화
해 내면서 말이다. 교민들의 온정을 몸과 마음으로 느끼며 다시 오
겠다는 약속을 했다. 어디를 가든 다시 와 달라고 하고, 나도 그러겠
다고 약속을 하는데 결코 쉬운 일이 아니다. 그렇게 약속을 지키러
가야 할 곳이 많고 또 새로이 가야 할 곳도 많지만, 나는 항상 다 갈
수 있다고 생각한다.

음악은 사람을 위로하고 빈 마음을 채워 준다. 오래전 독일에 갔
을 때, 내 아코디언 소리에 눈물이 쏟아졌다며 예순이 훌쩍 넘은 분

이 내 손을 잡았다. 1960년대, 1970년대에 독일로 파견되었던 간호사, 광부들이 그날의 관객이었다. 그분들이 더 나이 들기 전에 꼭 다시 가고 싶다. 그때는 다른 가수의 공연에 게스트로 참여한 것이었지만, 이제는 나의 브랜드 〈피아노와 이빨〉을 앞세우고 갈 수 있다. 재일교포와 고려인들도 만나야 한다. 공연을 하면 할수록, 여러 나라를 돌면 돌수록, 갈 곳이 더 많이 생긴다. 나는 항상 다 갈 수 있다고 생각한다.

# PART 4

# 드디어
# 1000회 공연

2005년에 시작한 〈피아노와 이빨〉이 2011년 1000회 공연을 맞이했다.
천 번을 하면 천 개의 희망이 생길 것임을 나는 의심하지 않았다.

# 2만 7000킬로미터, 중국 대장정

이제 〈피아노와 이빨〉은 해마다 세계 투어를 공식 일정에 넣기로 했다. 나는 항상 내년엔 어느 나라에 가고, 그 이듬해는 또 어느 나라에 갈지 생각한다. 가고 싶은 곳이 많아서 계획이 종종 바뀌기도 한다. 대체로 생활이나 문화 수준이 다른 나라를 번갈아 방문하는 편이다. 배워야 할 게 많은 나라에 가서는 로드 투어 형식으로 도전을 감행하고, 나눠야 할 것이 많은 나라에 가서는 '기부'에 무게중심을 둔다. 점점 후자의 경우가 늘고 있는데, 이 역시 기쁜 일이다. 내 주변에는 존경할 만한 지인들이 많다. 내가 뜻있는 일을 할 수 있도록 좋은 영향을 주는 사람들이 많아서 기부가 필요한 나라에 갈 때는 그런 분들의 도움을 많이 받는다.

나는 기업의 후원을 확보하는 것부터 시작하지 않는다. 사실 그건 불가능에 가깝다. 일단 나라를 먼저 정하고 열심히 계획을 짠다. 기업의 후원이 뒤따르지 않으면 자비로라도 다녀온다는 마음가짐으로 여러 공연을 시작한다. 그리고 세계 투어를 가기 전까지 열심히 공연해서 투어 비용을 마련하면 한 푼도 안 남기고 다 쓰고 돌아온다. 다녀오면 다시 나는 '제로'가 되고, 또 열심히 공연을 한다.

2010년, 세계 투어 세 번째 나라를 중국으로 정하고 세 번 답사를 다녀왔다. 그런 후 내가 존경하는 광주의 윤장현 원장님을 찾아갔다. 윤 원장님은 광주에서 유명한 안과의사인데, 의사라는 직함은 그분 삶의 아주 작은 부분이다. 오랫동안 광주는 물론 세계인의 인권을 위해, 또 소외된 이웃을 위해 헌신해 오고 있으며, 나뿐만 아니라 많은 사람의 멘토 역할을 하고 계신다. 그분을 알고부터 나는 크고 작은 일이 있을 때마다 찾아가 상의를 드리곤 한다. 다소 독불장군 기질이 있는 내가 의논을 하고 조언을 듣는 거의 유일한 분이라고 할 수 있다.

중국 투어를 준비하고 있을 무렵 윤 원장님은 YMCA전국연맹 이사장직을 맡고 계셨다. 중국 투어를 앞두고 한 달 동안 전국 10개 도시의 YMCA를 돌며 공연을 했는데, 그때 중국에도 YMCA가 있다는 사실을 알았다. 중국은 사회주의 국가라서 원거리 이동이나 수차례 공연에 여러 가지 제약이 따른다는 사실을 알았다. 중국에서 공연하려면 중국 현지 단체를 매개체로 삼아야 했다. 중국 YMCA는 사회주의 국가에 있는 기독교 단체인데도 의외로 영향력이 컸다(다른 나라 YMCA와는 달리 정치적 성격을 배제하지 않아서 그런 것 같다). 윤장현 원장님은 상하이 YMCA이사장을 연결해 주었고, 그 덕분에 상하이 YMCA와 의논해서 거의 모든 공연 스케줄을 잡을 수 있었다. 이동하는 지역에 맞춰 공연을 잡았고, 모두 기부 공연으로 구성했다.

중국 각지의 YMCA는 물론이고 YWCA에서도 공연을 신청했다.

예상보다 너무 많은 곳에서 신청을 해 오는 바람에 몇 군데는 어쩔 수 없이 다음 기회로 미뤄야 했다. 그렇게 해서 중국 현지인 대상 18회, 한국 교민 대상 3회 공연이 결정되었다. 상하이 모간산루(莫干山路)라는 국제적 문화예술특구에서 전시회도 하기로 했다. 상하이에서 우루무치까지 총 65일간의 투어. 동부에서 내륙을 횡단해 서북부까지 올라가는 엄청난 거리. 가히 중국다운 대장정이었다.

중국 투어는 규모 면에서 미국 투어나 오스트레일리아 투어를 월등히 능가했다. 국제 면허증이 통하지 않아 현지 운전사를 채용해야 했다. 운전기사 4명을 포함해 총 13명의 스태프가 움직였다. 승용차 2대, SUV(스포츠형 다목적 차량) 1대, 피아노와 각종 장비를 운반하는 트럭 1대 등 넉 대의 차량을 준비했다. 상하이에 사는 교민들이 현지 사정을 잘 모르는 우리를 위해 팔을 걷어 부치고 나서서 도와주었다. 그분들은 중국을 돌며 기부 공연을 한다는 얘기에 진심으로 격려와 응원을 보내는 한편, 믿을 만한 운전기사 알선업체를 소개하고 부족한 음향기기를 지원하며 협찬까지 직접 알아봐 주는 등 상하이 교민사회의 인맥을 총동원해 물심양면으로 우리를 도왔다. 현지에 살지 않으면 결코 알 수 없는 귀한 정보까지 제공해 주면서 투어 기간 내내 전화와 이메일로 팀원들의 무사안녕을 기원해 주었다. 실로 가장 든든한 자원이자 힘이 되었다. 혼자서는 결코 할 수 없는 일이었고, 한국에서 아무리 많은 준비를 해도 불가능한 일이었다.

중국 쓰촨성

〈피아노와 이빨〉 공연을 하고부터는 늘 이렇게 귀한 인연들의 도움을 많이 받았다. 중국 투어는 특히 여러 사람이 쏟은 노고의 성과물이라 할 수 있다. 나는 한국에서 브로슈어 3000장과 팀원들이 입을 단체복, 중국 아이들에게 나눠 줄 선물, 상하이에서 전시할 작품 등을 준비해 비행기에 올랐다.

　드디어 상하이에 도착했다. 보름 동안 투어 준비를 보강하고, 〈피아노와 이빨〉 전시회와 여섯 차례 공연을 치른 후, 본격적인 투어를 시작할 계획이었다. 여행이란 수많은 반전의 연속, 언제 어떤 사건사고가 일어날지 전혀 예측할 수 없다. 예상치 못한 복병이 항상 도사리고 있기 때문이다. 그런 복병은 늘 값비싼 '수업료'를 요구하기 마련이다. 이미 수차례 해외투어 경험을 통해 이런 부분에 대해 만반의 준비를 했건만, 중국 투어의 복병은 도착 첫날부터 출현했다. 중국은 외국인들의 입성을 두 팔 벌려 환영하는 나라가 아니었다.

　공항에서부터 제동이 걸렸다. 세관심사를 하는데 우리의 방대한 짐들이 문제가 되었다. 세관원들은 우리의 정체를 의심했다. 나는 중국어로 제작한 브로슈어를 보여 주며, '당신 나라에 기부 공연을 하러 왔다. 아름다운 중국 대륙을 돌며 공연을 할 것이고, 쓰촨성 지진 피해 지역에서도 기부 공연을 할 것이다'라고 설명했다. 그런데 무슨 짐이 이렇게 많으냐며, 장사하러 온 게 아닌지 박스 안에 든 내용물을 전부 확인해 봐야겠다고 했다. 나는 "오케이, 얼마든지!"라고 답하며 자신 있게 박스를 뜯었다.

첫 번째 박스에서 브로슈어 3000장이 나왔다. "이게 뭔가? 장사를 위한 광고물 아닌가?" 나는 공연 때 관객들에게 무료로 나눠 줄 거라고 설명했지만 통하지 않았다. 내가 무료 공연을 할 거라는 점을 그들이 알 도리가 없었기 때문이다. 공연 허가증도 없이 온 내 불찰이었다. 200만 원가량 들여 인쇄한 브로슈어를 몽땅 압수당했다. 그들은 또 다른 박스를 뜯었다. 수십 벌의 옷이 나왔다. "이것 봐! 이러고도 장사를 안 한다고?"

또 다른 박스를 뜯었다. 옷 수십 벌에 모자까지 나왔다. 이동 지역마다 기후가 다르기 때문에 세 가지 디자인의 티셔츠 20벌과 점퍼 20벌, 후드티셔츠 20벌, 모자 20개를 맞춤 제작해 가져온 것이었다. "모두 압수! 세금을 내고 찾아가시오." 당혹스러웠다. 나는 예의 친절한 미소를 잃지 않으며 옷에 프린트된 〈피아노와 이빨〉 로고를 보여 주었다. 'PIANO & TOOTH, CHINA & SILKROAD'라고 적힌 로고를 가리키며 우리 팀원들이 입을 옷이지 절대 판매용이 아니라고 설명했지만 그들이 결정타를 들이밀었다. "지금 이러고도 그 말을 믿으라는 것이오?" 세관원이 가리킨 것은 옷마다 치수를 표시한 스티커. S, M, L, XL….

그리고 마지막으로 정체불명의 박스를 뜯었다. 유난히 무거운 그 박스에서 철제 버튼(배지) 기계가 떡하니 나왔다. 수백 개의 배지를 만들 재료와 함께. 그걸 보더니 더 말이 필요 없다는 듯 고개를 절레절레 흔들었다. 게임 끝. 더 볼 필요도 없었다. 세관원은 완승의 의미로 피식 웃었다. 사실 그 시점에선 나도 웃음이 났다. 설명 불가. 누가 봐도 딱 장사꾼이었다.

버튼 기계는 내가 매니저의 반대를 무릅쓰고 몇 십 만 원을 주고 주문한 것이었다. 쓰촨성 아이들에게 나눠 주기 위해 예쁜 문양을 넣어 매일 밤 버튼을 찍어 낼 계획이었다. 아이들에게 하나하나 달아 줄 부푼 꿈을 안고! 그런데 기계를 받고 보니 '메이드 인 차이나'여서 온갖 구박까지 받았는데…. 세관원의 눈에 장사꾼으로 낙인찍힌 순간 나도 웃음이 났다. 나의 동심 어린 선물이 그런 용도로 비춰질 줄이야! 그래, 졌다.


우리와 같은 비행기를 타고 상하이에 도착한 사람들은 모두 나간지 오래. 김포공항에서 수화물 초과요금까지 지불하고 가져온 짐들을 한국에 돌아갈 때 그대로 찾아가느냐, 아니면 저들이 요구하는 세금을 내고 지금 찾아가느냐를 결정해야 했다. 나는 몇 차례 답사하며 만났던 상하이 한국영사관에 연락해 도움을 요청했다. 첫 공연이 한국영사관에서 주관하는 공연인 만큼 어떻게든 명분을 내세워 찾을 방법이 있지 않을까 기대했다.

우여곡절 끝에 티셔츠와 점퍼, 후드티 몇 벌을 되찾을 수 있었다. 브로슈어는 돌려받지 못했다. 버튼 기계는? 당연히 빼앗긴 줄 알았는데 밖에 나와 보니 있었다! 잃어버린 형제라도 만난 듯 눈이 번쩍 뜨였다. 알고 보니 우리가 가지고 나갈 수 있는 최소 수량의 옷을 대표로 고르던 영상감독이, 옷을 챙겨 나오면서 버튼 기계가 든 박스까지 슬쩍 안고 나온 것이었다. 이렇게 기쁠 수가! 그는 내가 버튼 기계를 어떤 마음으로 가져왔는지를 알고 무슨 수를 쓰든 사수해야겠다고 결심했단다. 그런데 박스를 드는 순간, 너무 무거워서 깜짝 놀랐다는 것과 그래도 목숨 걸고 지켜 냈다는 것을 틈만 나면 생색냈다.

그래서 나는 그에게 밤마다 버튼 100개를 찍을 자격을 특별히 부여했다. 한 시간 반 만에 세관심사 통과. 65일간의 투어를 사건사고로 시작한 첫날. 그러나 그것은 시작에 불과했다. 중국은 때로 전혀 말이 통하지 않는 사회였다. 교민들의 경험담 그대로 '되는 것도 없고 안 되는 것도 없는' 아주 재미있는 나라였다.


상하이 한국문화원 공연을 시작으로, 상하이에 도착해서 상하이를 떠날 때까지, 빼곡하게 잡힌 공연 스케줄을 모두 무사히 소화했다. 한인연합교회와 상하이 한국학교 공연, 상하이 푸동 구역 및 항저우 지역에서 연 세 차례 YMCA공연과 학교 공연, 기아자동차 옌청 공장 공연과 LG난징 공장 공연 등. 그사이 전시회도 두 차례 열었다. 한 빌딩 갤러리에서 일주일, 전 세계 예술가들이 모이는 상하이 문화예술특구 모간산루 M50에서 일주일, 이렇게 두 차례 〈피아노와 이빨〉 타이틀로 전시회를 했다.

공연 장면을 찍은 사진작품과 한국의 화가, 조각가, 사진가 등 지인 10명에게서 받은 작품을 함께 전시했다. 한국의 갤러리나 미술가가 아닌, 공연 팀이 전시회를 여는 건 처음이었다. 모간산루는 1930년대에 제분공장과 방직공장들로 번성했던 곳인데, 이들 산업이 쇠퇴하면서 예술촌으로 변모하며 오늘에 이르렀다. 버려진 공장을 예술 공간으로 활용한 50개의 갤러리가 모여 있는 곳으로, 각국의 예술가들이 자신의 작품을 전 세계에 알리는 무대이기도 하다.

나는 〈피아노와 이빨〉을 공연뿐만 아니라 다양한 문화예술 활동의 브랜드로 만들고 싶었다. 이미 국내에서 세 차례 전시회를 열었고, 첫 해외 전시회는 중국에서 한 것이다. 기왕이면 예술가들과 관광객들이 몰리는 상징적인 장소에서 전시회를 열고 싶어서 모간산루 M50에 정식으로 일주일 대관료를 지불하고 입성했다. 나는 당장 눈에 보이는 성과보다는 차곡차곡 쌓이는 성과를 중시한다. 하나하나 쌓이다 보면 어느 시점부터 무서운 힘을 발휘할 수 있다고 믿기 때문이다. 혹자는 공연하는 사람이 왜 그렇게 전시회까지 신경을 쓰느냐고 묻는다. 다시 말하지만 나는 〈피아노와 이빨〉이 공연에 그치지 않고 다양한 형태로 확장되는 문화 브랜드가 되길 바란다. 공연을 하고 세계 투어를 하며 사람들과 나눠 온 도전의 역사와 가치를 더욱 넓혀 나가야 할 책임을 느끼기 때문이다.


우리는 상하이에서 아파트 한 채를 빌려 합숙했다. 예정된 공연을 하는 틈틈이 음향과 조명 등 장비를 구입했고, 압수당한 브로슈어도 다시 제작하고, 부족한 옷도 마련했다. 또 밤마다 버튼도 찍었다. 컬러 프린터기를 사서 여러 문양으로 프린트를 하고 사이즈에 맞춰 동그랗게 자른 후 버튼과 코팅지를 넣고 힘껏 눌러 압착시켰다. 하룻밤 100개를 목표로 삼았으나 압착이 잘 안 돼 20개 만들기도 벅찼다. 단체복도 다시 맞추려고 했지만 소량으로 제작하는 경우 한국보다 턱없이 비쌌다. 어쩔 수 없이 시장에서 색색별로 티셔츠를 샀다. 그리고 다리미를 사고 한국의 지인에게 부탁해 전사지를 배송받았다. 밤마다 모두 모여 티셔츠에 전사지를 대고 다림질을 했다. 100퍼센트 손수 제작 티셔츠를 만드는 재미가 쏠쏠했다.

상하이에 머문 보름여 동안 상하이는 물론 인근 지역까지 돌며 열세 차례나 공연을 했다. 그중 가장 가슴에 남는 것이 상하이 외곽에 위치한 한 농민학교에서 한 공연이다. 상하이 YMCA와 만나는 자리에서 환경이 열악한 학교의 아이들을 찾아가고 싶다고 말했더니, 그 학교를 적극 추천했다. 상하이는 급속히 발전한 대도시지만, 도심을 조금만 벗어나면 한국의 1960년대와 같은 풍경이 펼쳐진다. 우리가 간 곳은 가난한 농민들의 자녀들이 다니는 개교 80년 된 초등학교였다. 단층 건물의 작은 학교인데도 전교생이 700명이 넘었다. 점심시간에는 학생들이 배식실에서 밥과 반찬을 받아 각 반으로 나른 다음, 각자 집에서 가져온 식기에 담아 먹었다. 점심시간이 지나자 종이 울리더니 전교생이 일시에 엎드려 낮잠을 잤다. 이색적이면서도 사랑스러운 풍경이었다.

중국 쓰촨성

그사이 우리는 운동장에 그랜드 피아노와 음향시스템을 설치했다. 이미 쉬는 시간에 아이들이 그랜드 피아노 앞으로 몰려들어 한바탕 난리가 났었다. 선생님들도 그랜드 피아노를 직접 본 것이 처음이라고 할 정도니, 아이들에겐 그날 일기장에 평생 잊지 못할 역사적인 날로 기록될 일이었다. 시멘트 운동장에 피아노가 설치되었다. 80년 된 농민학교에, 80년 만에 처음으로 피아노가 들어간 날. 우리도 아이들도 설렘 그 이상의 가치를 느끼는 순간이었다.

전교생을 수용하는 강당이 없어 운동장에서 공연을 했다. 9월 중순인데도 기온이 30도를 웃돌았다. 체감온도는 미국 데스밸리 못지않아 가만히 서 있어도 땀이 흐를 정도였다. 나는 그늘 한 점 없는 한낮의 운동장에서 피아노를 치고 노래를 했다. 스태프들도 사진과 영상, 음향을 담당하느라 그늘로 피할 수 없었다. 다행히 700명의 아이들은 운동장 한쪽의 나무 그늘에 앉아 공연을 관람했다. 첫 곡이 끝나기도 전에 온몸이 땀으로 흠뻑 젖었다. 건반 위로 땀이 뚝뚝 떨어졌고, 숨이 턱턱 막혀 노래하기가 버거웠다. 한 시간 예정이었는데, 매니저가 너무 더우니 빨리 끝내자는 사인을 보냈다. 나 역시 다음 곡을 어떻게 할까, 곡을 줄이고 빨리 마칠까 잠시 고민했다.
그렇지만 이곳에 언제 또 올 수 있을까? 죽기 전엔 다시 못 온다는 생각에 계획한 그대로 공연을 진행했다. 피아노 공연 중에 땀을 많이 흘리면, 눈이 따갑고 건반이 미끄러워 갖가지 불편이 초래된다.

중국 쓰촨성 옥당 LG박애중학교

공연 중에 땀이 흘러도 잘 닦지 않는다.
연주자의 땀, 노동자의 땀, 혼신의 힘을 다하는 이의 땀은 아름답다고 믿기 때문이다.

중국 상하이

그렇다고 연주 중에 계속 땀을 닦을 수도 없고…. 땀에 젖은 옷이 몸에 달라붙고, 등줄기를 타고 흐른 땀은 허리춤에 흥건히 고인다. 하지만 그런 순간에 나는 희열을 느낀다. 그리고 일부러 땀을 닦지 않는다. 무대에서 휴지나 손수건을 꺼내 땀을 닦은 적이 한 번도 없다. 관객에게 땀을 보여 주려는 의도도 있다. 연주자의 땀, 노동자의 땀, 혼신의 힘을 다하는 이의 땀은 아름답다고 믿기 때문이다.

공연 중간 '정보공유' 시간에는 통역을 통해 나의 이야기를 전했다. 어린아이들에게 꿈과 희망을 심어 주고 싶은 마음을 담아 이렇게 인사를 했다.

"아저씨는 이 피아노를 가지고 여행을 하고 있어요. 전 세계를 다니며 여러분 같은 친구들을 만나 공연하는 것이 아저씨의 꿈이랍니다. 오늘 여러분이 아저씨의 꿈을 또 한 번 이루게 해 주었어요. 아름다운 꿈을 많이 꾸기 바랍니다. 여러분이 공부도 열심히 하고, 착한 마음을 잃지 않는다면, 수많은 사람에게 용기와 희망을 줄 수 있을 거예요. 건강하게 커서 여러분의 꿈을 세상에 나누어 주세요. 아저씨가 응원할게요."

그 후 농민학교와의 인연은 한 차례 더 이어졌다. 중국 투어 대장정을 마치고 상하이로 돌아와 다시 한 번 찾아간 것이다. 몇몇 기업에서 중국 투어 공연에 물품을 협찬해 주었다. 베이징현대에서 피아노 10대, 난징의 LG전자에서 냉장고와 세탁기, 텔레비전을 각각 10대씩 제공했다. 쓰촨성 지진 피해 지역에 기증할 물품이어서 상하이 농민학교 공연을 하던 무렵에는 아직 물품을 건네받기 전이었다. 나는 농민학교 아이들에게도 뭔가 주고 싶은 마음에 피아노와 냉장고, 텔레비전을 한 대씩 남겨 왔다.

농민학교를 다시 찾아가서 이번에는 사진전을 열어 주었다. 공연 때 아이들을 찍은 사진을 인화해서 운동장에 걸어 전시했더니 아이들이 정말 좋아했다. 사진 속에서 자신과 친구들의 얼굴을 찾으며 웃음을 터뜨렸고, 이번엔 피아노가 아닌 나에게 몰려와 안겼다. 그때 그 피아니스트 아저씨를 다시 보게 될 줄은 꿈에도 몰랐을 것이다. 나도 그랬으니까. 그런데 그 아이들의 모습이 눈에 계속 아른거려 작으나마 선물을 안겨 주고픈 마음이 든 것이다.

처음엔 피아노와 냉장고, 텔레비전만 건네고 돌아올 생각이었는데, 학교에서 공식적인 전달식을 마련해 주었다. 전교생이 운동장에 줄지어 섰고, 국기 게양식부터 시작해 마치 국가행사인 양 엄숙하게 예식이 거행되었다. 대표 학생들이 나와 절도 있게 경례를 하고 구령에 맞춰 빨간색 머플러를 내 목에 걸어 주었다. 식의 순서마다 다른 음악이 나왔는데, 머플러를 걸어 줄 때 유난히 애잔한 선율이 흘렀다.

갑자기 분위기가 숙연해지더니 전교생이 입을 모아 "윤효간 선생님, 감사합니다!"를 외쳤다. 순간 참고 있던 눈물이 뚝 떨어졌다. 무어라 형언할 수 없는 감정이 일었다. 스태프들도 촬영을 하며 눈시울을 붉혔다. 나는 부끄럽고 미안하고 고마운 마음에 자꾸 눈물이 나 하늘만 쳐다보았다. 이어서 전교회장이 지난번 공연에 대한 소감과 함께 감사의 뜻을 전하는 편지를 낭독했다. 낭독할 때 나온 음악은 또 왜 그렇게 구슬프던지….

벅찬 마음에 현기증을 느낄 정도였는데, 마지막엔 전교생이 감사의 노래를 수화를 곁들여 합창했다. 아, 나는 가슴으로 울며 기도를 드렸다. 종교 이야기를 별로 꺼내지 않는 편이지만, 사실 나는 기독교인이다. 한때 교회를 다녔고 찬송 반주를 하기도 했는데 지금은 홀로 기도만 드린다. 무대에 오르기 전에 항상 기도하고, 연주를 하면서도 기도한다. 나는 내 피아노 소리를 하늘에서 먼저 듣고, 사람들의 가슴에 전해 준다고 믿는다. 또 그렇게 되기를 바라며 기도한다. 힘든 순간이 있을 때마다 하늘은 내게 또 다른 사명을 내려 주곤했다. 농민학교에서 나는 마음으로 기도했다. '더 많은 곳에 다니겠습니다. 더 많이 낮추겠습니다. 제게 주신 능력을 더욱 값진 곳에 쓰겠습니다.'

# 아름다운 인연

투어 준비 끝. 부족한 것은 가면서 해결하고, 일단 가보자! 중국 지도의 동남단과 서북단을 잇는 대장정. 65일간 투어를 하며 지나친 지역들을 숙박한 곳 중심으로 정리하면 대충 이렇다.

2010. 09. 12  상하이

2010. 09. 19  옌청, 장쑤성

2010. 09. 28  난징, 장쑤성

2010. 10. 02  항저우, 저장성의 성도

2010. 10. 04  상하이 출발

2010. 10. 04  우한, 후베이성의 성도

2010. 10. 05  이창, 후베이성

2010. 10. 06  충칭, 완저우

2010. 10. 07  청두, 쓰촨성의 성도

2010. 10. 16  난충, 쓰촨성

2010. 10. 17  주자이거우, 쓰촨성

2010. 10. 18  랑무스, 간쑤성

2010. 10. 19  샤허, 간쑤성

대도시와 지도에도 없는 작은 마을, 한여름과 한겨울, 5성급 특급
호텔과 일인당 6000원짜리 여관, 최고급 코스요리와 정체불명의 길
거리음식, 반나절 만에 해발 4000미터 등반 등등 '극과 극' 체험이
헤아릴 수도 없을 만큼 많았다. 우리가 상상한 것 이상으로 중국은
넓고 다채로웠다. 직접 그 땅을 밟지 않으면 실감할 수 없는 넓은 대
륙을 우리는 차를 타고 샅샅이 훑으며 갔다. 한족부터 몽골족, 티벳
족 등 다양한 민족을 만났고, 아우토반처럼 뻥 뚫린 도로와 2박 3일
간 막혀 있는 도로도 경험했다. 생전처음 겪는 일을 모두가 함께 겪
었고, 예상치 못한 변수에 맞닥뜨려 시시각각 '플랜 B'를 도출해야

했다. 만약 우리가 각자의 생활환경에서 65일을 살았다면, 아무리 많은 경험을 한들, 중국에서만큼 다양했을까? 아무리 많은 사람을 만난들, 중국에서만큼 많았을까? 아무리 멀리 이동한들, 중국에서만큼 길었을까? 그것으로 충분했다. 그것만으로도 성공이었다.

중국은 한 장소에서 공연을 끝내고 다음 장소로 이동할 때 짧게는 사흘에서 길게는 일주일까지 걸렸다. 고속도로가 놓이지 않은 곳이 많아 주로 꾸불꾸불한 국도를 이용해야 했다. 간혹 고속도로가 있는 경우에도 촬영을 위해 일부러 국도를 택하기도 했다. 국내여행이든 해외여행이든 진정한 여행의 묘미를 맛보려면 국도로 다니는 게 좋다는 생각이다. 자연이 주는 감동을 만끽할 수 있기 때문이다.

우리는 차를 세우고 피아노를 내려 촬영을 하거나 아코디언이나 각종 소품을 활용해 멋진 화보도 찍을 수 있었다. '과연 중국이구나!' 하는 느낌을 자주 받았고, '중국에 이런 곳도 있었나' 하는 생각이 들 정도로 이국적인 풍경을 접할 때도 있었다. 수천, 수만 년 이어진 자연의 영향을 그대로 실감할 수 있는 독특한 지형도 접할 수 있었다. 인간의 손이 절대 닿을 수 없을 것 같은 절벽에 그려진 거대한 불교 벽화도 보았다. 과연 만리장성과 둔황 막고굴, 진시황릉 병마용 갱 등 30여 세계문화유산을 자랑하는 나라다웠다. 중국의 신비로운 자연은 세계적으로 이름난 관광지는 물론, 이름 없는 곳곳에서도 느낄 수 있었다.

215

중국에 사는 지인들은 길도 조심하고 공안도 조심하고 언제 어디서 나타날지 모르는 강도도 조심하라고 했다. 예상치 못한 위험이 많이 따를 거라며 단단히 주의를 주었다. 정작 길 떠나는 나보다 그들이 더 겁을 먹고 걱정을 했다. 나보다 중국에 대해 아는 것이 더 많기 때문에 그만큼 이런저런 염려도 많았던 것 같다. 그런 그들이 고마웠다. 하지만 그들 역시 중국 투어를 해 본 경험이 없기는 나와 마찬가지 아닌가. 가보지도 않은 길, 해 보지도 않은 일을 놓고 걱정부터 잔뜩 늘어놓는 것은, 정말 말리고 싶은 일이다. 아마 어떤 사람들은 발생 가능한 리스크를 조사하고, 그에 대한 대응방안을 1안에서 3안까지 정리해 지침으로 삼고 다닐지도 모른다.

오, 제발! 나는 제발 아까운 시간에 쓸데없는 걱정 좀 하지 말자고 간곡히 부탁하고 싶다. 여행도 그렇고 일도 그렇고 삶도 그렇다. 가보지도 않고, 해 보지도 않고, 살아 보지도 않고, '안 되는 이유' 나 '하지 말아야 할 이유'에 대해 조사하느라 시간을 낭비하지 말자는 얘기다. 우리는 좀 더 대범해져야 한다.

지인들이 알려 준 블랙리스트에는 '운전기사'도 있었다. 아무리 믿을 만한 회사에서 추천한 사람들이라도 항상 경계를 늦춰선 안 된다고. 중국인 셋 이상이 모이면 불시에 위협을 가할지도 모른다고. 다행스럽게도 우리는 강도를 만나지 않았고, 고가의 장비를 도난당하지도 않았다. 그렇다면 운전기사들은? 그들을 만난 건 중국 투어 최고의 행운이었다. 말도 통하지 않는 사람들과 같이 자고 같이 먹으며 24시간 내내 붙어 지내야 했으니, 개개인의 인성과 화합이 가장 중요할 수밖에 없다.

운전기사는 20대부터 50대 후반까지 모두 네 명이었는데, 최고 연장자가 리더가 되어 다른 기사들을 알아서 통제하고 인솔했다. 나는 함께하는 동안 한 팀으로 움직일 거라는 점을 명백히 했다. 밥도 똑같이 먹을 것이고, 잠도 똑같이 잘 것이다. 우리는 한 팀이라는 것을 강조하며 수시로 신뢰를 주기 위해 노력했다. 가끔 보너스로 담배도 한 보루씩 주었고, 운전하느라 자제한 고량주 파티도 이따금 마련해 주었다. 그들은 지쳐 있다가도 다시 '으샤 으샤' 힘을 내곤 했다. 그러면서 서서히 서로 정이 싹트기 시작했다. 공연 횟수가 늘어갈수록 그들도 점차 마음을 열고 나의 진심을 알아주었다.

운전기사들은 공연 현장에서 자국민들이 환호하는 모습을 직접 보고, 지진 피해 지역에서 기부를 받은 사람들이 부르는 감사의 노래를 직접 들으면서 더욱 마음을 열고 다가왔다. 전처럼 운전만 하지 않고 공연 장비 세팅부터 철수까지, 시키지 않아도 일손을 거들었다. 쓰촨성의 학교에서 공연을 마치고 뒤풀이를 하던 날, 나는 우리가 운전할 테니 오늘은 편히 술을 마시라고 권했다. 그들은 거듭 사양하다가 결국 한 잔, 두 잔, 매운 사천요리 훠궈를 안주 삼아 독하디 독한 고량주를 여러 병 비웠다.

중국 둔황

어느 정도 취기가 오른 그들이 갑자기 내 앞에 다가와 섰다. 할 말이 있다고 했다. 갑자기 '할 말 있다'고 하면 긴장되기 마련이지만, 어떠한 경우에도 '눈 하나 깜짝 안 한다'는 인생관을 가지고 사는 내가 아니던가. 게다가 할 말 있다고 하는 사람치고 제대로 된 말을 하는 경우를 별로 못 보았기에 술주정을 하려나 싶어 들어 보기로 했다. 운전기사 네 명 중 넘버 2가 말했다. "잠시 주목!" 통역하는 가이드를 불러 지금부터 자기가 하는 말을 한 글자도 빼놓지 말고 전해 달란다. 그들은 불그레한 얼굴을 한 채 일렬횡대로 섰다.

"처음엔 윤 선생에 대해 전혀 알지 못했습니다. 왜 우리나라에 온 거지? 그냥 여행하러 왔나? 했습니다. 그런데 공연을 보면서 마음이 점점 달라졌습니다. 우리나라 사람들이 그토록 좋아하며 다 같이 합창하는 걸 보면서 깜짝 놀랐습니다. 또 가슴 아픈 재난을 겪은 우리나라에 와서 기부하는 것을 보고, 윤 선생의 아름다운 마음에 감명을 받았습니다. 지금 이 순간, 우리는 충성을 맹세합니다. 윤 선생은 우리의 대장입니다! 앞으로 무슨 일이든 같이할 것입니다. 미안해하지 말고 맘껏 시켜 주십시오. 이 말을 꼭 하고 싶었습니다. 정말 감사합니다. 윤 선생은 정말 멋진 대장입니다."

이렇게 그는 알코올로 한층 고조된 목소리로 웅변 같은 연설을 토해 냈다. 나는 순간 아무 말도 하지 못하고 조용히 박수를 쳤다. 그리고 가슴속에서 일렁이는 뜨거운 감정을 간신히 억누르며 짧고 굵게 화답했다. "여러분의 아름다운 마음에 감사를 전합니다." 그리고 가이드를 돌아보며 이 말을 꼭 통역해 달라고 했다. "저는 술을 한 잔도 못합니다. 그러나 오늘, 여러분의 멋진 우정에 화답하고자 이 술을 '원샷' 하겠습니다." 그리고 나서 50도가 넘는 불타는 고량주 한 잔을, 질끈 눈을 감고 입안에 털어 넣었다. 엄청난 박수와 환호가 쏟아졌다. 많은 사람이 우려했던 중국인 운전기사들. 나는 그들과 이런 정을 나누었다.

물론 복병도 있었다. 피아노와 장비를 싣고 다니는 20대 트럭 운전수가 자주 문제를 일으켰다. 트럭 운전수는 진작 폐차했어야 할 고물 트럭을 가져와서는 일정이 틀어질 정도로 투어에 차질을 빚었다. 다른 기사 셋이 두 손 두 발 다 들고 포기할 정도로 능력이 부족한데다 체력도 약하고 사회성도 결여된 사람이었다. 항상 대열을 따라가지 못해 뒤처졌고, 산맥을 넘어야 할 험준한 산 중턱에서 멈춰 버리기 일쑤였다. 모두가 1인 4역쯤을 거뜬히 감당할 때, 혼자 본인의 역할조차 버거워하며 하루 종일 징징대는 트럭 운전수, 우리의 가장 큰 골칫덩어리였다.

여행 중에 사람과 헤어진 적이 없는 건 아니지만, 결정적 이유 없이 내가 먼저 내친 경우는 단 한 번도 없다. 나는 한 가지, 인간적으로 받아들일 수 없는 비겁한 말과 행동을 했을 때만, 경고하거나 통보한다. 국적이 달라 말도 통하지 않는 그를 그저 맘에 들지 않는다는 이유로 내칠 수는 없다고 판단했다. 그런 식의 잣대를 들이댄다면 세상 그 누가 합격점을 받을 수 있겠는가. 나는 다독이고 충고하고, 또 다독이고 인내하면서 끝까지 문제의 트럭 운전수를 돌려보내지 않았다. 그게 나의 '사람 다루는' 철학이다.

여행에서 제일 힘든 게 사람과의 관계이다. 아무리 오래 알았다 해도 도무지 알 수 없는 사람으로 변모하는 게 여행의 동반자들이다. 어딜 가든, 누구와 가든, 꼭 한두 명씩 그런 사람이 생긴다. 그럼에도 나는 같이 떠나 같이 돌아와야 한다는 생각에는 변함이 없다. 여럿이 모인 자리에서 개인적인 기분을 드러내지 말고 서로 말조심하고 웃으며 함께, 끝까지 가자는 것이 나의 투어 첫 번째 조항이다. 그래도 그 먼 길을 큰 말썽 없이, 큰 사고 없이 다녀온 게 어딘가. 안되는 것, 불편한 것, 맘에 안 드는 것만 생각하느라 맘고생하지 말고 되는 것과 좋았던 것, 하고 싶은 것만 생각하자. 그러면 사람이, 삶이, 세상이 다르게 보인다.

# 아주 값비싼 교훈

  중국의 특이한 점을 제대로 체험할 수 있는 곳 중 하나가 성과 성 사이에 놓인 톨게이트다. 중국 도로에서는 10톤 트레일러를 자주 볼 수 있었다. 그 넓은 대륙을 승용차로 여행하는 사람이 드물기 때문인지, 우리가 가는 길에는 대부분 대형 트레일러이거나 아니면 우리 차 말고는 차가 한 대도 없거나 둘 중 하나였다. 그런데 문제는 잦은 차량 정체였다. 이유를 알 수도 없고 그 끝을 알 수도 없는 차량 정체가 수십 킬로미터씩 이어지곤 했다. 그 기나긴 행렬의 90퍼센트가 대형 트럭이어서 그 자체로 숨 막히는 장관을 연출했다. 때로는 12차선 고속도로에서 그런 일이 벌어졌고, 때로 2차선에서, 차를 돌려 벗어날 수도 없는 1차선 도로에서도 그랬다. 간혹 공안을 붙잡고 이유를 물어도 대답 없이 지나가 버렸다.

  정체는 대부분 톨게이트 직전에서 발생하는데, 몇 시간을 엉금엉금 기어 톨게이트에 도착해 보면 그 많은 입구를 다 막아 놓고 달랑 입구 하나만 열어 놓고 있었다. 황당해하며 살펴보면, 사람이 없는 것도 아니다. 직원들 몇 명이 공안과 농담을 주고받고 있다. 차가 몇 킬로미터나 막혀 있는데도, 국민의 불편은 아랑곳하지 않은 채 천하

태평이다. 그런데도 항의하는 사람을 하나도 못 봤다. 질문 금지! 그런 곳이 중국이다.

　두 번째에 이어 세 번째 정체 상황에 부딪혔을 때, 수단과 방법을 가리지 않고 대안을 생각하지 않을 수 없었다. 이미 먼 길을 돌아 둔황까지 온 터였다. 마지막 행선지인 우루무치만을 남겨 놓고 있었는데, 잦은 차량 정체로 몇 차례 우회로를 타고 돌아온 탓에 시간이 부족했다. 4일 후엔 시안에 도착해야 했다. 약속된 공연을 미룰 수는 없었다. 둔황에서 우루무치, 우루무치에서 시안까지 가려면 적어도 일주일은 걸릴 텐데 단 4일이 남았을 뿐이었다. 일단 가보기로 하고 둔황에서 새벽부터 출발해 60킬로미터쯤 이동했을 때, 최악의 사건이 발생했다. 비좁은 2차선 길에서 또다시 정체가 시작된 것이다. 그날은 자가용도 많았다.

　시동도 꺼버린 채 기다리기를 몇 시간, 몇몇 자가용이 반대편 차선에서 추월하는 게 눈에 들어왔다. 우리는 '저런 나쁜 놈들!' 하고 욕을 하다가 슬슬 눈치를 보기 시작했다. '우리도 조금만 가볼까?'로 시작해 조심스럽게 추월을 하다가 자신감이 생겨 나중에는 아예 10킬로미터가량 신나게 달렸다. 이렇게라도 해야 우루무치에 도착할 가능성이 있다고 생각하며 계속 페달을 밟는데, 사이렌이 울렸다. 처음엔 어디서 사고가 난 줄 알았는데 내려서 상황을 파악해 보니, 공안이 추월한 차들에 벌금을 매기고 있었다. 우리는 어떻게든 상황을 모면해 보려고 정체된 차들 사이를 비집고 들어가려 했지만 틈이 없었다. 그러는 사이 마침내 공안이 다가왔다. 우리 기사들은 면허증을 건넸고 호되게 혼이 났다. 결국 벌금이 부과됐는데, 그걸로 끝이 아니었다. 공안은 면허증을 압수하고 나서 기사에게 차를 돌리라고 지시했다.

"차를 돌리라고요? 그게 무슨 말인지…?"

"당장 차를 돌려 맨 뒤로 가시오!"

비상사태가 벌어졌다. 중국 공안은 정말 무섭다. 아니 중국 교통법이 무섭다. 우리 기사들 말로는 이런 경우, 유치장에서 2박 3일을 보낼 수도 있다고 했다. 벌벌 떨고 있는데 공안은 무조건 자기를 따라오라고 했다. 공안 차량이 앞장섰다. 우리를 포함해 괘씸죄에 걸린 새치기 차량 수십 대를 뒤에 거느리고. 한참을 달렸다. 도대체 어디까지 가는 건지 지루할 만큼 오래도 갔다. 이렇게 긴 줄은 태어나 처음 본다며 공안 차량을 따라가는데, 나중엔 아예 졸음이 올 정도였다. 그런데도 계속 갔다. 멈출 기색이 보이지 않았다. 건너편 차선에 정직하게 줄 서 있는 차량 운전자들의 야유를 보지 않고도 느낄 수 있었다. 그렇게 70킬로미터를 갔다. 우리가 왔던 길을 되돌아 70킬로미터를 가고 나니 새벽에 통과했던 톨게이트가 나왔다. 다시 원점으로 돌아온 것이다. 그렇게 되돌아왔는데도 공안은 면허증을 돌려주지 않았다.

나의 생각은 죽을 때까지도 변치 않을 것이다.
내가 엄청난 돈을 들여 사 모은, 어마어마한 고생에 대해, 나는 결코 후회하지 않는다.

"내일 아침 찾으러 오시오!" 오, 마이 갓! 나는 하루를 깨끗이 포기했다. 숙소를 잡아 밥이나 먹고 우루무치에 갈지 말지를 다시 의논하자고 했다. '하미'라는 지역에서, 이보다 더 허름할 수는 없을 것 같은 낡은 여관을 간신히 찾았다. 그곳이 바로 일인당 3000원짜리 숙소였다. 눈 씻고 찾아봐도 모텔이 안 보였고, 길에서 너무 오랜 시간을 보내 지칠 대로 지친 상태라 무조건 들어가기로 했다.

차로 우루무치까지 가는 건 포기해야 했다. 시간상 불가능했다. 우리는 긴 고민 끝에 차는 운전기사들에게 맡기고 기차로 우루무치에 가기로 결정했다. 다음 날 아침, 우리는 3층 침대칸에 누워 10시간을 달려 우루무치에 도착했다. 중국 투어의 종착지였던 그곳에서 1박 2일을 보낸 뒤 간쑤성 자위관으로 이동해 기사들과 합류했다.

나는 교훈을 얻었다. 중국은 공부 좀 했다고, 좀 살아 봤다고, 좀 안다고 섣불리 행동하다간 큰코다치는 나라라는 것을. 엄청난 수업료를 지불해야 한다는 사실을. 사실 비행기로 움직여도 긴 시간이 걸리는 중국을, 차를 타고 다닌다는 것 자체가 '무(모)한 도전'이다. 하루면 갈 수 있는 길을 한 달 걸려 가야 한다. 그러니 돈도 더 들고, 힘도 더 들고, 고생이 줄줄이 덤으로 따라온다. 고생을 사서 하는 셈이다. 그렇지만 그게 나쁜 건가? 틀린 방법일까?

매니저가 명언을 남겼다. "대장님을 보면 왜 만날 사서 고생을 하는지 이해할 수 없었어요. 그런데 10년을 지켜보니 알겠더라고요.

고생은 돈 주고 사서라도 해 봐야 한다는 것을요."

　나는 〈피아노와 이빨〉 공연 초기에 한 관객이 남긴 공연 후기를 잊을 수 없다. 그는 나에 대해 이렇게 썼다. '그는 이상했다. 그는 달랐다. 그런데 그는 옳았다.' 나의 생각은 죽을 때까지도 변치 않을 것이다. 내가 엄청난 돈을 들여 사 모은, 어마어마한 고생에 대해, 나는 결코 후회하지 않는다고. 나는 옳았다고 말이다.

# 트래블과 트러블

　2010년 10월 13일, 우리는 쓰촨성 지진 피해 지역에 도착했다. 대지진의 참사를 겪은 지 2년이 지난 시점이었다. 전 세계의 관심과 도움으로 많이 복구되긴 했지만, 지진 발원지인 두쟝옌(都江堰)에는 여전히 당시의 참상을 실감할 수 있는 흔적이 많았다. 곳곳에 지진 피해 주민들이 모여 사는 난민촌도 보였다. 공연을 앞두고 쓰촨성의 시장을 만났다. 그는 세계 언론에는 지진 사상자가 7만여 명이라고 알려졌지만, 사실은 20만 명이 넘는다고 했다. 일부 마을은 복구조차 포기한 채 통째로 묻어 버렸고, 직접적인 피해자만 따져도 1000만 명이 넘는다고 했다. 그을린 채 버려진 건물과 잔해 앞에선 팀원 모두가 말을 잃었다.

　우리는 쓰촨성에 열흘 동안 머무르며 교민과 현지인을 대상으로 네 번 공연을 했다. 그중 두 번이 베이징현대가 후원하는 팽주 9학교와 LG가 재건해 준 옥당 LG박애중학교에서 연 공연이었다. 우리는 기증받은 피아노와 냉장고, 세탁기, 텔레비전 등을 쓰촨성 난민촌과 기아빌리지, 인근 학교와 지역단체에 나눠 주었다. 마치 산타클로스가 된 기분이었다. 옥당 LG박애중학교는 지금도 생각하면 진한 감동이 밀려온다. 학교 측에서는 사전에 피아노 반주에 맞춰 합창을 하고 싶다며 악보를 보내왔다. 중국의 악보는 오선지와 음표 형식이 아닌 번호 표기 방식이어서 전문가의 통역이 필요했다. 나는 그 노래를 공연 마지막 순서에 넣었다. 대지진의 참사를 극복하는 과정에서 만들어진 '두쟝옌의 감사 노래'였다.

중국 공연에서는 주로 비틀스, 퀸 등 기본적인 레퍼토리와 영화 〈첨밀밀〉의 주제곡으로 잘 알려진 '월량대표아적심(月亮代表我的心)', 안재욱이 불러 인기를 얻었던 '친구(펑요, 朋友)' 등을 연주했다. '펑요'는 중국어 가사를 외워서 노래도 불렀다. 춤과 노래를 좋아하는 중국인들은 시종일관 뜨거운 박수와 환호, 합창으로 공연을 즐겼고, 온몸으로 감동을 표현했다. 옥당 LG박애중학교는 전교생 1300명 전원이 기숙사 생활을 했다. 중학생인 그들에게도 운동장에 놓인 그랜드 피아노는 놀라움의 대상이었다. 수줍어하면서도 흥분을 감추지 못했다.

학생 1300명이 각자 의자를 들고 운동장으로 나왔다. 중국에서연 학교 공연은 전부 야외 무대에서 했고, 객석은 학생들의 의자였으며, 나의 무대는 딱딱한 시멘트 바닥이었다. 옥당중학교는 특히 교장선생님과 음악선생님의 열의가 대단했다. 교장선생님은 공연 내내 카메라를 들고 운동장을 누비며 학생들 사진을 찍어 주었다. 가족 같은 분위기의 학교. 2년 전 지진 피해가 발생한 곳인데도 선생님과 학생들에게서 밝은 기운이 느껴졌다.

다행히 이 학교 학생들은 지진이 발생하기 직전 신속하게 대피해 사고를 면했다고 한다. 모든 학생이 안전하게 나오고 난 직후, 학교가 무너졌다고 한다. 당시 위급했던 상황을 묘사하던 선생님은 또 한 차례 가슴을 쓸어내렸다. 그 후 1년 동안 학교 앞 공터에 천막을 치고 수업을 했단다. 가족과 친구, 집을 잃은 학생들이 많았을 텐데, 아마도 그 시간 동안 모두가 힘을 내어 서로 위로하며 이겨 냈을 것이다. 엄청난 재난을 함께 겪은 사람들이었기에 웃음도 같이 되찾을 수 있었을 것이다.

공연을 마칠 때쯤, 교장선생님이 꽃다발을 들고 무대에 올라오셨다. 그는 내게 감사의 인사를 전한 후 마이크를 잡았다. "자, 이제 우리가 화답할 시간입니다." 이어서 음악선생님이 앞에 서자 전교생이 일제히 일어났다. 나는 악보를 꺼내 '두쟝옌의 감사 노래'를 연주하기 시작했다. 전주가 끝나고 노래가 시작되자 아이들은 수화를 병행했다. 전 세계인에게 들려주기 위해 수화를 연습한 것이다. 1300명의 하나 된 몸짓과 하모니. 세상에서 가장 아름답고 사랑스러운 합창이었다. 그렇게 나는 대지진의 화마가 휩쓸고 간 중국 쓰촨성 두쟝옌에서 '희망'을 보았다.

아직도 아이들의 몸짓과 노래가 눈에 선하고 귀에 생생하다. 무대에 선다고 일방적으로 주기만 하는 게 아니다. 오히려 관객들에게서 많은 것을 받는다. 감동의 교감. 그것은 이렇게 표정으로, 소리로, 분위기로 전해진다.

중국 쓰촨성 옥당 LG박애중학교

감동적인 공연이 끝나자 학생들은 각자 의자를 들고 다시 교실로 들어가기 시작했다. 그러다 용기를 낸 한두 명이 나에게 달려오자, 순식간에 수십 명이 나를 에워싸며 사인을 요청했다. 어떤 친구들은 안아 주었고, 어떤 친구들과는 사진을 찍었다. 사실 나는 쓰촨성에 와서 이렇게 웃을 수 있으리라고는 상상도 하지 못했다. 솔직히 그들의 얼굴에 웃음이란 게 남아 있을 거라는 기대조차 하기 어려웠다. 아, 역시 중요한 것은 희망이구나! 재난을 겪었거나 겪고 있는 전 세계의 수많은 사람, 개중에는 그런 상황에서도 꿈과 희망을 잃지 않으려고 노력하는 사람도 있고, 꿈과 희망이라는 단어조차 모른 채 살아가는 사람도 있을 것이다. 나는 바란다. 나의 피아노 여행이 그들을 위로하고 그들이 가슴에 희망을 품도록 도울 수 있기를.

都江堰谢谢你

同一个国　像一个家
同一个太阳下　每个家人都需要温暖
需要彼此牵挂　天降的灾难终将过去
收拾曾破碎的家　在你的支助下重建家园
有空回来看看吧
说不尽内心的感激　苦难中你赐予的关怀
都江堰人谢谢你的爱　也会重新站起来

두쟝엔의 감사 노래

한 나라 사람이면 모두 한가족입니다.

하나의 태양 아래 사는 한가족인 우리에게는 온정이 필요합니다.

서로를 걱정해 주는 마음이 필요합니다.

마침내 하늘이 내린 재앙이 모두 지나갔습니다.

산산이 부서졌던 집도 다 고쳤습니다.

당신의 도움으로 집안을 다시 일으켜 세웠으니,

여유가 되면 꼭 한 번 와 보시길 바랍니다.

어려움 속에서도 당신이 보내 준 따뜻한 마음에 대한 감동은

말로 다 표현할 수 없습니다.

두쟝엔 사람들은 당신의 사랑에 감사드립니다.

우리는 다시 일어설 것입니다.


나는 분명 여행을 통해서만 얻을 수 있는 가치가 있다고 믿는다. 어느 곳을 여행하든, 학교 공부로는 배울 수 없는 것을 배울 수 있다. 그것이 무엇인지는 여행을 떠나 봐야 안다. 여행은 '트래블(Travel, 여행)'인 동시에 '트러블(Trouble, 골칫거리)'이다. 같이 다닌 사람이 13명, 사는 지역도 다르고, 언어도, 성격도 다른 성인 13명이 같이 다니는데, 문제가 왜 없겠으며 어려움이 왜 없겠는가.

비단 사람뿐인가? 트러블을 일으킬 만한 요소들은 도처에 널려

있다. 외국인제한도로인 줄도 모르고 지름길이라며 뻥 뚫린 도로를 신나게 달리다가 공안에게 걸려 모든 촬영장비와 카메라를 압수당할 뻔하기도 했다. 다행히 수천만 원 상당의 카메라를 지키는 대신 왔던 길을 되돌아가야 했으니 트러블과 추억, 행운은 여행에서 동일어인 셈이다.

특히 장기간의 여행은 우리의 인생과 여러 면에서 닮았다. 의욕만 가지고 앞으로 나아갈 수만은 없다. 내 뜻과 상관없이 처음부터 다시 시작해야 하는 경우도 있고, 전진하고 싶지만 정지해야 하는 때도 많으니 말이다. 강도와 빈도, 집중도만 다를 뿐 시련과 배고픔, 불편함, 그리움, 아픔 등이 따른다는 점도 같고, 그런 것을 이겨 내면 소중한 교훈을 얻을 수 있다는 것도 같다. 그렇기에 장기간의 여행은 인생 드라마 못지않은 도전으로 감동을 준다. 함께 떠나 힘을 모아 공연을 하고 기부를 하는 애초의 목적을 달성했다는 사실, 그 과정에서 모두 큰 탈 없이 건강하게, 혼자서는 할 수 없고 여행사를 통해서도 결코 누릴 수 없는, 최고의 시간을 보냈다는 것만으로도 우리의 도전은 성공적이었다.

# 1000회의 약속

2008년 11월, 국립극장 공연을 마치고 공연장 밖에서 관객들을 배웅하고 있었다. 사인과 사진 촬영, 악수 등을 나누고 있는데, 중년 아주머니 한 분이 다가와 이렇게 말했다.

"공연 정말 잘 봤습니다. 오늘 강원도 화천에서 올라왔는데요. 이렇게 좋은 공연을 강원도에서도 보고 싶어요. 아이 아빠가 군인인데, 저희 같은 군인가족은 이런 공연을 볼 기회가 거의 없거든요. 선생님께서 화천에도 와 주시면 정말 좋겠네요."

"아, 예… 저도 가고 싶네요. 한번 찾아갈게요."

어떤 말을 할 때, 비록 그것이 진심이었어도 시간이 지나도록 그 말을 실천에 옮기지 못하면 인사치레로 여겨지기 마련이다. '언제 밥 한번 같이 먹어요', '언제 얼굴 한번 봐야 하는데' 하는 식의 인사치레는 나도 어쩔 수 없이 많이 하지만 '한번 공연하러 갈게요' 하는 식의 인사치레는 함부로 하지 않는다. 언제가 됐든 나는 다 갈 것이고 갈 수 있으리라 생각하니까. 단지 시간이 걸릴 뿐이다.

강원도 화천에서 올라온 모 상사의 부인을 만난 지 2년, 그동안 나는 미국과 오스트레일리아를 다녀왔고 사이사이 쉴 새 없이 공연을 했다. 올해는 어느 나라로 투어를 떠날까 고민하다가, 문득 2년 전 그 아주머니의 말이 떠올랐다. '바로 그거야!' 번쩍 생각이 떠오른 순간, 나는 벌써 마음의 도장을 찍어 버렸다. 그리고 팀원들에게 올해는 군부대 공연을 하겠다고 선언했다. 외국이 아닌 국내 투어를 하자고, 군부대를 포함해 50개 도시 투어 공연을 하자고 했다.

매니저가 화들짝 놀랐다. '한 20개 도시만 돌아도 잘했다고 칭찬받을 텐데, 왜 하필 50개냐? 그걸 언제 다 하냐? 왜 만날 보통 사람들보다 10배 이상 높은 숫자를 잡느냐?…' 나는 무슨 일을 시작할 때마다 반대에 부딪히는 편이고, 가능성을 생각해 보지도 않고 무조건 안 된다고 하는 사람들과는 타협하지 않는 사람이다. 못할 게 뭐가 있냐고, 내가 하겠다는데 뭐가 문제냐고…, 옥신각신하다가 나는 50개 도시를 70개 도시로 늘렸다. 매니저는 더 말을 꺼내지 않았다. 더 거론했다가는 분명 100개 도시로 늘어날 것이 뻔했으니까.

2011년 3월, 〈피아노와 이빨〉 공연이 970회쯤 되던 때였다. 곧 1000회가 될 텐데 무슨 이벤트를 벌이면 좋을까? 대형 콘서트를 갖는 것보다 의미 있는 일을 하는 데는 진작부터 모두가 동의를 했다. 그리고 마침내 군부대와 지방 투어를 기획해 1000회 맞이 기념 공연을 하기로 결정했다. 2년 전 한 관객과의 작은 약속이 실마리가 된 투어. 국내 70개 도시를 순회하며 펼쳐질 공연 타이틀은 '1000회의 약속'으로 정해졌다.

그런데 군부대 공연은 어떻게 하는 거지? 무작정 국방부에 연락해야 하나? 아니면 계룡대(충청남도에 있는 육군·해군·공군 3군 통합기지)로 찾아가면 되나? 만약 우리 나름대로 알아본다면, 잘된다 해도 두어 차례 공연으로 끝나고 말 것 같았다. '줄 때 확실하게 주자!'는 것이 내 신조다. 그래서 공연도 1000회 넘게 하고 여행도 두 달, 석 달씩 간다. 무엇이든 티도 안 나게 찔끔찔끔 하는 건 내 스타일이 아니다. 나는 '윤효간 스타일'로 가기 위해 지인에게 고민을 털어놓았다.

"2년 전 눈물까지 글썽이며 부탁을 한 그 관객을 잊을 수가 없다. 군부대에 가야겠다. 그들이 얼마나 외롭겠는가. 장병들에게 힘을 주고, 공연을 접할 기회가 적은 군인가족에게도 위로와 용기를 주고 싶다. 〈피아노와 이빨〉은 그런 분들이 꼭 봐야 한다."

그분은 정말 좋은 생각이라며 그 자리에서 바로 전화를 걸었다. 국방부에 계신 분이었다. 며칠 뒤 국방부 관계자와 만났고, 다시 며칠 뒤 육군본부에서 연락이 왔다. 초고속 진행이었다. 나는 계룡대가 있는 대전으로 내려가 군부대 공연을 담당하는 정훈공보실 관계자들을 만났다. 중령부터 장군까지 모인 자리에서 내가 브리핑을 했다. 딱히 브리핑이랄 것도 없었다. '나는 이런 공연을 하는 사람이고, 한 관객을 만났는데, 그분 말씀이 오래도록 남아 군부대 공연을 해야겠다'는 게 요지였다.

공연을 접할 기회가 적은 전방지역 군인과 그 가족에게 위로와 용기를 주기 위해
공연장비를 가지고 직접 찾아간다는 것이 군부대 공연의 취지이다.

그들은 의아해했다. 고마운 일이긴 한데 도와줄 수 있는 자금이 없다고 했다. 나는 말했다. "하나도 필요 없습니다. 다 제가 알아서 하겠습니다. 밥도 저희가 알아서 먹을 거니까 스케줄만 잡아 주십시오." 나는 가급적 오지로 잡아 달라고 했다. 강원도 화천, 양구, 인제 같은 최전방이나 들어가기 힘든 곳, 너무 멀어서 가기 꺼려하는 곳 등으로. 그런데 공연할 만한 제대로 된 공간이 없단다. 기껏해야 작은 강당과 교회뿐인데 괜찮겠냐며 난감해했다. "더 좋지요! 그게 더 의미 있지 않겠습니까. 음향, 조명, 피아노 모두 제가 가지고 가겠습니다."

그로부터 1년이 지난 2012년, 두 번째 군부대 투어 공연을 위해 다시 육군본부를 찾았을 때, 담당 대령이 말했다.

"사실 처음 윤 선생님을 뵈었을 때, 좀 당황스러웠습니다. 뭐 하는 분일까? 의도가 뭘까? 정체가 의심될 정도였습니다. 상부에서 연락은 받았지, 배경이 대단한 분 같기도 하고, 아 이거 되게 귀찮아지겠다고 생각했습니다. 이런 경우가 없었거든요. 한두 번 하는 공연도 아니고, 아무 지원도 못 해드리는데 그걸 다 직접 하시겠다고 하니, 뭔가 다른 의도가 있지 않고야 이상한 일이란 생각이 드는 겁니다. 그런데 공연이 시작되면서부터 각 부대에서 반응이 몰아치는데, 군부대 위문공연으로 그렇게 난리가 난 건 처음이었습니다. 다들 저희한테 감사인사를 하더라고요. 이런 공연은 정말 처음 봤다면서요.

그때 공연을 본 장병들이 올린 후기며 소감이며, 뭘 드시고 어디서 주무셨는지, 부대별로 의전은 어떻게 했는지, 전부 보고를 받았습니다. 간부식당도 아니고 일반 사병들 먹는 밥을 똑같이 드신 경우가 많았는데, 너무 죄송했습니다. 하나같이 극찬을 했습니다. 장병들은 물론이고 사단장님들 사이에도 소문이 나서, 여기저기서 왜 우리 부대에는 안 오느냐고 성화를 부리는 통에 아주 혼났습니다. 투어가 다 끝난 후에도 〈피아노와 이빨〉 또 안 하느냐고 전화가 많이 왔습니다. 요즘도 연락이 옵니다. 저희는 죄송해서 또 요청하기가 염치없었거든요. 올해도 또 해 주시겠다고 연락하셨을 때, 진짜 이분 대단한 분이구나, 존경스러웠습니다."

다시 2011년 첫 군부대 공연을 준비하던 때의 이야기를 하면, 공연할 부대가 선정되어 리스트를 받았는데, 깜짝 놀라지 않을 수 없었다. "많이 할수록 좋지요."라고 했더니 월요일부터 금요일까지, 한 달 동안 57회를 잡은 것이었다. 오전과 야간 공연으로 나누어 하루 2회, 그것도 각기 다른 지역에서. 나는 웃음이 나왔다. 나한테 유격훈련이라도 시키려는 건가? 일정을 조정했다. 같은 장소에서는 하루 2회도 가능하나 지역이 다를 경우에는 하루 1회로 하고, 5월 30일에서 7월 19일까지 40회 공연으로 줄였다.

신청 부대가 많아서 선정에 어려움을 겪었다. 일정이 잡힌 후 본격적으로 투어 준비에 들어갔다. 알아보니, 시설이 정말 열악했다.

우리가 모든 것을 준비해야 했다. 음향장비와 조명을 구입하고 지역별로 인근 피아노 업체에 연락해 피아노 임차 계약을 맺었다. 피아노는 단 하루만 빌려도 최소 40~50만 원이 든다. 공연이 40회니 피아노 빌리는 비용만 2000여 만 원. 이어서 버스를 전세 내 전체를 랩핑했다. 생각했던 것보다 비용이 많이 들었지만 나는 버스를 고집했다. 우등고속버스와 구조가 같았는데 그 버스가 부대 안으로 들어가면 다들 깜짝 놀랐다. 피아노 공연이라 들었는데 웬 대부대냐고. 그런데 그 큰 버스에서 내리는 인원이 달랑 스태프 다섯 명과 내가 기르는 강아지 한 마리다.

나는 장비 차량으로 쓰는 1톤 탑차를 운전했다. 탑차에는 나와 사진작가가 타서 총 투어 인원은 일곱 명이었다. 스태프들 입을 단체옷과 공연 때 쓸 브로슈어 3만 부와 포스터도 제작했다. 공연 때 나눠 줄 선물은 협찬을 받았다. 40회 투어 공연을 하는 데 내가 모아둔 공연 수입으로는 턱없이 부족했다. 원래는 기업 후원을 받을 수 있을 것 같아 다소 무리하게 진행을 했다. 거의 결정이 났던 후원이어서 일단 공연을 시작했는데, 투어를 시작한 지 2주쯤 지나 결국 취소 통보를 받았다. 그래도 하늘이 도왔다. 대기업도 아닌 치과병원 네트워크에서 5000만 원을 후원해 주었다. 전국 20개 네트워크로 이뤄진 '미르치과병원'이다.

〈피아노와 이빨〉과 치과의 만남, '이빨' 끼리 아름다운 만남을 이룬 셈이다. 미르치과는 중국 투어 때 선뜻 협찬금을 내준 광주 첨단 지역 미르치과 박석인 원장과의 인연으로 알게 된 곳이다. 미르치과 전 직원 800명이 모인 자리에서 공연을 한 적이 있는데, 공연을 보고 내가 하는 일에 공감한 각 지역 원장님들이 뜻을 모아 후원을 결정해 준 것이다. 미르치과는 키르기스스탄과 캄보디아에서도 꾸준히 의료봉사를 하고 있다. 정말 아름다운 뜻을 지닌 의사들이 모인 네트워크다. 대기업도 아닌 치과 원장님들이 도와준 군부대 투어 공연. 그분들이 아니었다면 3만 명의 장병과 군인가족을 만날 일도, 의미 있는 일을 할 수도 없었을 것이다. 역시 간절히 바라면 이루지 못할 일이 없다. 혼자 할 수 있는 일도 힘을 합하면 더 큰 가치를 창출해 낼 수 있는 일로 발전시킬 수 있다.

나는 70개 도시 투어라는 엄청난 일정을 소화해 내고 나서 다시 또 '제로'가 되었지만, 내 생애 가장 보람 있는 일을 꼽으라면 군부대 투어 공연이라 말할 것이다. 〈피아노와 이빨〉이 1000회가 되는 동안 정말 외롭고 힘든 순간이 많았지만, 나의 동지가 있었고 아름다운 사람들이 있었기에 결코 포기를 생각해 본 적이 없다. 군부대 공연을 시작하고 점점 1000회가 다가오자 지나온 시간이 자꾸 떠올랐다. 1회 공연을 비롯해, 그동안 겪어 온 수많은 일이 주마등처럼 스쳐 갔다.

일주일에 여덟 번씩 공연하며 100회가 되었을 때, 건물 공용 전기세를 내지 못해 전기가 끊겼다. 할 수 없이 공연장 계단에 촛불을 켜고 관객들을 맞이했다. 관객들은 특별 이벤트인 줄 알고 분위기 있다며 사진을 찍었다. 장마철에 빗물이 흘러들어 공연을 접고 며칠 동안 빗물만 퍼낸 적도 있다. 무대의 조명 램프가 하나둘 나가기 시작했는데도 램프 교체할 돈이 없어 그대로 버틴 시기도 있었다. 처음으로 매진이 되어 가슴이 뛰었던 어느 해 크리스마스이브, 몇 석만 빼고 텅 빈 객석을 보고 너무 허탈해서 멘트도 생략한 채 10곡을 메들리로 연주했던 어느 화요일, 날마다 버스와 지하철을 갈아타며 공연장에 가고 막차 시간에 만원버스에 올라 집에 돌아오던 시절, 맹장이 터지기 직전인 줄도 모르고 통증을 참아가며 공연을 했는데 그날따라 앙코르가 두 번이나 나와 무대를 내려오자마자 쓰러져 맹장수술을 받았던 일, 처음으로 국립극장 대관승인을 받았던 날….

하긴 누구든지 기쁨과 슬픔이 교차하는 이 정도의 옛이야기쯤은 갖고 있을 것이다. 그래도 나는 군부대 투어 공연을 다니며 나의 동지이자 매니저인 김유미 실장과 그 어느 때보다도 많이 옛이야기를 나누었다. 그 모든 현장을 함께하며 〈피아노와 이빨〉의 역사를 같이 쓴 나의 동지. 우리는 참 많이도 울고 웃고 했다.

5월 26일부터 10월의 마지막 날까지, 군부대 투어를 포함해 70개 도시 투어 공연을 마쳤다. 우리의 버스는 5개월여 동안 2만 킬로미터를 넘게 뛰었다. 어떤 사람에게는 3년도 넘게 걸릴 수 있는 주행거리다. 투어의 서막은 소록도 공연이었다. 한 신문과 인터뷰할 때 소록도에서 공연하고 싶다고 말했는데, 그 기사를 보고 소록도에서 일하시는 분이 직접 전화를 하신 것이다. 정말 와 주실 수 있냐고! 역시 언론의 힘은 대단하다. 국립소록도병원에서 그 신문기사를 볼 줄이야….

그래서 투어 공연 첫 번째 장소로 전라남도 고흥군에 있는 소록도를 택했다. 공연은 국립소록도병원 로비에서, 그곳에 계신 할머니, 할아버지, 의사, 간호사, 자원봉사자를 대상으로 열었다. 나는 특별히 '고향의 봄'과 '황성옛터', '목포의 눈물'을 레퍼토리에 추가했다. 익숙한 곡이 나올 때마다 어르신들은 부정확한 발음으로 따라 부르면서 깊이 팬 주름 사이로 눈물을 흘리셨다. 간호사들이 옆에서 눈물을 닦아 주었다. '엄마야 누나야', '따오기', '오빠생각'…. 한센병에 걸렸다고 50년, 60년, 70년 전에 고향에서 쫓겨나 멀고 먼 소록도로 오게 된 분들이었다. 가족은 얼굴도 기억이 안 난다고 했지만 어머니의 밥과 고향의 냄새는 기억하고 계셨다.

젊은 간호사들과 자원봉사자들을 고려해 '헤이 주드'도 부르고 '위 아 더 챔피언(We are the Champion)'도 불렀는데, 어르신들이 더 좋아하셨다. 공연이 끝나자 내 손을 붙잡고 놔주질 않으셨다. 또 오라고… 꼭 다시 와 달라고 하셨다. 나는 매년 오겠다고 약속했다. 내가 약속을 잘하고 또 잘 지키는 사람이라는 건, 이제 이 책을 손에 든 모든 사람이 다 알 것이다.

군부대 공연은 강원도 전방 지역을 중심으로 시작해 경기도로 내려왔다. 화천, 양구, 양양, 속초, 원주, 홍천, 철원, 포천, 인제, 양주, 동두천, 파주, 고양, 의정부, 용인, 남양주, 양평, 가평, 경기도 광주. 그리고 10월, 다시 후방부대로 앙코르 공연을 돌았다. 충남 공주, 연기군, 논산, 대전 유성구, 전북 전주시, 전남 장성군. 늦은 봄 시작해 한여름 무더위와 폭우를 견뎌 내며 가을까지 이어졌다.

강원도 전방은 정말 먼 나라였다. 거의 다 왔구나 생각했는데, 다시 20킬로미터 정도를 산속으로 깊숙이 들어가야 부대가 나왔다. 민간인출입통제구역도 있었고, 학교와 병원이 없는 마을도 있었다. 군인가족이 사는 사택 아파트는 불과 몇 년 전까지 연탄보일러를 사용했을 정도로 낙후된 상태였다. 그곳에 그랜드 피아노가 도착하니, 한 군인가족은 이런 곳에도 피아노가 올 수 있는지 몰랐다며 눈물을 글썽이며 좋아했다.

군인 자녀들은 초등학교 6년 동안 평균 7~9차례 전학을 간다고 했다. 또 중학교, 고등학교가 없는 지역이 많아 초등학교를 졸업하면 아버지와 떨어져 지내는 경우도 많았다. 직접 군인가족이 사는 모습을 보고, 20대 젊은 군인들이 생활하는 모습을 보고, 그들의 환호성과 눈물을 보며, 나는 정말 오기를 잘했다는 생각이 백번, 천번도 더들었다.

# 드디어 1000회!

전방부대 공연은 대부분 여름에 했다. 부대 안에 시설 좋은 공연
장이 없다는 건 이미 알고 있었다. 그래서 충분히 각오가 되었다고
생각했는데 역시 머리로 알고 있는 것과 직접 경험하는 것은 천지
차이였다. 작아도 강당이나 교회가 있는 곳들은 상급에 속했다. 연병
장에 무대를 차리고 1000명 앞에서 공연을 하기도 하고, 예배당으로
쓰는 컨테이너 창고 안에서 공연을 하기도 했다. 그 컨테이너 창고
는 100명 정도 들어가는 공간이었는데, 300명 넘는 장병이 빈틈 하
나 없이 빼곡하게 앉았다. 더운 비가 내리던 여름이었다.

육군 전방부대 공연을 하는 동안 냉방시설이 잘 되어 있는 곳에서
공연을 한 경우는 겨우 손가락 몇 개를 꼽을 정도였다. 컨테이너 창
고에 에어컨이 있을 리 만무했고, 선풍기 두 대를 가져와 앞쪽에 설
치했지만 무용지물이었다. 창문도 없이 창고형 미닫이문만 달랑 하
나. 나중에는 아예 문을 활짝 열고 빗소리를 들으며 공연을 했다. 덥
고 습하고 비좁은 공간에서 장병 300명과 함께한 공연. 일과를 마치
고 샤워도 못한 장병들은 거룩한 땀 냄새를 풍겼고, 나도 땀으로 샤

위를 하며 공연을 했다. 나보다 더 불편했을 텐데도 장병들은 힘든 기색 하나 없이 열렬히 호응했다. 1000명의 관객보다 더 크고 우렁찬 함성을 내지르며. 그 뜨거웠던 여름날, 우리는 얼마나 많은 땀을 흘렸던가. 우리는 얼마나 뜨거운 존재였던가. 또 하나의 잊을 수 없는 날이었다.

군부대 공연 레퍼토리는 여느 때와 조금 달랐다. 그들이 좋아할 만한 곡을 포함시켰고, 동요 연주 때는 '어머니와 엄마'를 주제로 한 영상도 따로 마련해 틀었다. 가끔 깜짝 이벤트로 인기 걸그룹의 사진을 영상으로 보여 주기도 했다. 내가 편곡한 '마법의 성'은 조금 슬프다고들 한다. 가사가 슬픈 내용이 아닌데도 눈물이 난다는 이야기를 듣곤 했는데, 각 잡은 자세로 앉은 군인들이 '마법의 성'을 따라 부를 때면 군데군데서 훌쩍이는 소리가 났다.

부대의 지휘관들은 하나같이 놀라워하며 말했다. 보통 행사를 하면 엎드려 자는 군인들이 많고 대부분 무뚝뚝하게 반응하는 편인데, 이렇게 뜨겁게 호응하는 것은 처음 보았다는 것이다. 내가 걸그룹보다 더 열띤 반응을 일으킨다는 것이다. 특히 '정보공유' 코너가 20대 군인들에게 아주 유익한 시간이 되는 것 같았다. 곧 학교나 사회로 돌아갈 군인들, 막막하고 고민이 많은 시기라 내 이야기에서 어떤 위안이나 희망을 찾는 것 같았다.

공연이 끝나고 나면, 어떤 부대에선 수백 명이 우르르 몰려와 "최고예요! 짱 멋있어요!"라고 소리치는데, 어떤 부대에선 몇몇씩 쭈뼛쭈뼛 투어 차량 쪽으로 와서는 "선생님, 감사합니다. 제대하면 꼭 찾아뵙겠습니다."라고 했다.

연대, 대대, 군단, 사단 등을 두루 다니며 훈련병도 만났고, 자대 배치 받은 지 6시간 된 이병도 만났으며, 외국 영주권을 포기하고 입대한 장병도 만났다. 스물한 살에 아빠가 된 장병도 있었고, 서른 살 늦깎이 이병도 있었다. 별 한 개 준장부터 별 네 개 대장까지 악수를 나눠 봤고, 간부들이 모여 앉은 원형 테이블에서 특급정식도 먹어 봤고, 일반 사병식당에서 퉁퉁 불은 쫄면도 먹어 봤다. 숙소는 대개 부대 앞에 면회 온 가족을 위해 마련해 놓은 부대 회관을 이용했는데, 만 원짜리 방에서도 잤고 3만 원짜리 특실에서도 잤다. 장마철에는 부득이하게 공연이 취소되는 부대도 생겼다. 장병들이 인근의 폭우 피해 지역에 복구 지원을 나가야 했기 때문이다.

군부대 공연을 20회쯤 했을 때, 경기도 포천에서 드디어 1000회 공연을 맞이했다. 〈피아노와 이빨〉이 100회를 돌파했을 때, 주변 사람들이 인사말로 "1000회, 2000회까지 하셔야죠." 했는데, 정말 그 날이 온 것이다. 매년 얼마나 많은 공연을 했는지, 1000회까지 오는 데 만 7년밖에 걸리지 않았다. 그렇다고 7년이 짧은 세월은 아니다.

그사이에 흘린 땀과 눈물, 그사이에 나눈 감동의 결정체가 바로 1000회 공연이었다.

그날 나는 서울의 유명 콘서트홀을 빌려 성대한 기념공연을 열지도 않았고, 최고급 호텔에서 파티를 벌이지도 않았다. 그저 경기도 포천의 100석 남짓한 공간에서 6공병여단 장병들과 공연을 하며 보냈다. 마지막에 누가 '1000'이라고 급하게 써서 건넨 A4용지를 손에 들고 1000회 돌파 기념사진을 찍었다. 군 장병들이 함께하고, 멀리 목포와 광주, 대구에서 1000회를 축하하기 위해 달려와 준 지인 몇 분이 함께한 뜻 깊은 날이었다. 공연이 끝난 후 근처 식당에서 감자탕과 막걸리를 시켜 놓고 케이크에 초 한 개를 꽂아 기념파티를 했다. 그렇게 1000회 공연이 끝났다. 하지만 내일부터는 1001회, 1002회, 다시 시작이다.

나는 반복의 기적을 믿는다. 당장 눈에 보이는 성과가 없고 오늘 하루 견디는 것조차 힘들다 해도, 포기하지만 않는다면 언젠가 그 노력이 빛을 발할 것이고, 그 빛을 사람들이 볼 수 있을 거라고. 그 빛을 보고 사람들이 나를 찾고, 나로써 사람들이 저마다의 빛을 찾게 될 거라고. 내 피아노 소리는 하늘이 듣고, 하늘에서 전 세계에 내려 줄 거라고. 10년, 20년 반복하는 것은 결코 무의미한 게 아니라고. 기다림을 사랑할 수 있으면 기적을 경험할 수 있다고 말이다.

나는 반복의 기적을 믿는다. 당장 눈에 보이는 성과가 없다고 해도
포기만 하지 않는다면 반드시 빛을 발할 거라고 믿는다.

시간이 걸린다는 것은, 아주 오래 지속될 무언가를 만들어 가고 있다는 의미다. 많은 사람이 20대와 30대, 40대를 거치며 그때그때 정한 작은 목적을 달성하며 살아간다. 대학 입학과 취직, 내 집 마련…. 그런데 40대 이후로는 눈빛이 빛나지 않는 사람들이 많다. 반복의 기적은 오래 걸린다. 그러나 오래간다. 부디 긴 호흡으로 멀리 보기를 바란다. "1000회가 넘으면 뭐 할 거예요?" 어떤 사람이 묻는다. "다시 1회부터 해야죠." 나의 공연은 여전히 진행 중이다. 더 많은 사람과 함께 더 멋진 기적을 만들기 위해서.

PART 5

# 나를 인도하는
# 11시 30분 방향

나는 어렵고 힘든 상황이 닥칠 때마다 늘 11시 30분 방향의 빛을 보며 걸어왔다.

이제 그 빛의 힘을 다른 사람들에게도 전해 주고 싶다.

# 세상 사람들에게 들려주고픈 나의 '이빨'

나는 어렵고 힘든 상황이 닥치거나 무언가 중요한 결정을 내려야 할 때면, 어릴 적 2층 창가에서 하늘을 쳐다보던 것처럼 11시 30분 방향을 올려다본다. 거기에 나를 인도하는 빛이 있기 때문이다. 나는 늘 그 빛을 보며 살아왔다. 그 빛을 따라 먼 길을 걸어왔고, 막다른 길에 이르면 새 길을 만들어 가며 천천히 전진해 왔다. 많은 사람이 가는 길을 피하고 그보다 훨씬 더 시간이 걸리는 길을 택했다. 나에게 보이는 빛이 그 길로 인도했기 때문이다.

왜 내 눈에는 다른 사람들이 보는 것과 다른 빛이 보였을까. 왜 많은 사람이 택하는 순탄한 길은 내 길이 아니라고 생각했을까. 한 번도 쉬웠던 적이 없다. 내가 멈추어 있으면 아무런 일도 일어나지 않았기에, 어떠한 방법으로든 조금씩, 조금씩 빛을 보며 움직였다. 지금도 나는 그 빛을 좇아 걷고 있다. 다만 전과 달라진 게 있다면, 나를 인도하는 그 빛을 다른 사람들에게도 보여 주기 위해 노력한다는 것이다. 지금부터 하는 이야기는 그 빛이 필요한 세상 사람들에게 들려주고 싶은 나의 '이빨'이다.

# 역시 비틀스가 중요하다

나는 비틀스를 들으며 성장했다. 전 세계의 많은 사람이 비틀스의 음악을 통해 크고 작은 영향을 받았을 것이다. 비틀스는 여전히 존재하며, 앞으로도 계속 존재할 것이다. 음악을 듣는다는 것은 아름다운 영혼을 구현하는 일이다. 그래서 좋은 음악이 필요하다. 물론 좋은 글과 좋은 그림, 좋은 영화도 이와 동일한 역할을 한다.

내게 비틀스는 인성과 품격을 키우는 데 결정적인 영향을 준 특별한 존재다. 어떤 음악을 해야 하고, 음악으로 어떤 삶을 살아야 하며, 어떤 (의미 있는) 가치를 전달해야 하는지, 그 해답을 알려 주었기 때문이다. 물론 비틀스만 그렇다는 것이 아니다. 내게는 '비틀스'지만, 다른 사람에게는 '베토벤'일 수도 있다.

나는 젊은 친구들이 베토벤과 바흐, 비틀스와 레드 제플린 등 다양한 음악을 듣기 바란다. 또 레오나르도 다빈치의 작품도 보고 가우디의 작품도 보길 바란다. 즉, 시야를 폭넓게 가지고 최대한 많이, 다양한 것을 접하라는 것이다. 나는 중학교 때 팝송대백과를 보며 A부터 Z까지 팝 아티스트들을 공부하고 그들의 음악을 찾아 들었다.

한국이라는 작은 나라에서, 텔레비전이라는 좁은 매개체가 제공하는 정보만 얻는다는 것은 너무 안타깝고 억울한 일이다. 더 넓은 세상으로 눈과 귀를 돌려서 세상의 음악, 세상의 예술을 접했으면 좋겠다. 다양한 세계를 접해야만 자기만의 진정한 가치관과 높은 품격을 쌓을 수 있다고 나는 굳게 믿는다.

1950년대, 1960년대 팝 음악을 듣기 바란다. 역사를 읽고 그 안에 담긴 가치를 느껴 보자. 오래 지속되는 것들의 힘을 온몸으로 느낄 수 있을 만큼…. 가치관이란 배우는 것이 아니다. 다양한 경험을 통해 스스로 만들어 가는 것이다. 한순간에 느끼는 것이 아니라 오랜 시간 쌓으며 형성되는 것이다.

압구정동 발렌타인극장

공연장 지하 대기실에서 보낸 시간은 고독과 싸우는 시간이며, 외로운 기다림의 시간이었다.
예술을 하는 사람이라면 특히 기다림의 시간을 건뎌야 한다.

# 먼저 깃발을 꽂는 사람이 일등이다

우리는 좀 더 현명해질 필요가 있다. 언제까지 사회와 학교가 제시하는 대로만 배울 것인가. 왜 이미 다른 사람들이 다 해 본 프로그램, 하고 있는 프로그램만 똑같이 따라가야 하는가. 남들이 외면하는 곳에 베이스캠프를 차려야 한다. 남들이 가지 않는 길을 가고, 남들과 다른 생각을 하고, 다르게 행동해야 한다. 연령 불문, 차림새 불문, 시간 불문, 장소 불문.

〈피아노와 이빨〉이 피아노 공연의 문턱을 낮추고 넓혔다는 사실, 나는 이것을 가장 자랑스럽게 여긴다. 더욱이 3년간 장기 공연을 하고, 1년에 100회씩 공연을 하는 피아니스트가 또 어디 있는가. 나는 내가 일등이라고 자신 있게 말한다.

고졸 학력의 피아니스트인 나에게 유학파 음악전공자들이 찾아와 고민을 상담한다. 나의 대답은 "정답은 없다. 그러나 또 무궁무진하다."이다. 대학을 가고 유학을 가는 것도 하나의 방법이고, 나처럼 학교를 떠나 세상에서 배우는 것도 하나의 방법이다. 예전에는 유학을 다녀오면 성공의 지름길이 보장되었지만, 지금은 그렇지도 않다.

나의 방법은 상대적으로 힘겨운데다가 성공 확률도 낮고 시간마저 오래 걸린다. 누가 봐도 불리한 점이 많지만, 요즘 세상에는 그런 불리함이 많이 줄어들었다. 결국 이제 중요한 것은 누가 오래가느냐이다. 과연 어떤 방법을 쓰는 사람이 더 오래갈지, 깊이 생각해 봐야 한다. 아무도 밟지 않은 땅에 깃발을 꽂는 것은 아주 쉽다. 누구나 할 수 있다. 용기만 내면 된다. 세상에 존재하는 수많은 2등이 될 것인가, 남과 다른 색깔로 1등이 될 것인가. 매년 수만 명의 2등이 나온다면, 매년 수만 명의 1등도 나올 수 있다. 그것은 어디에 깃발을 꽂느냐에 달려 있다.

# 긴 호흡으로, 멀리 보자

나는 말을 할 때마다 팀원들에게 놀림을 받는다. 단어 열 개로 모든 대화를 한다고. 그것이 어떤 주제가 됐든 간에 단어 열 개를 넘지 않는단다. '가치, 꿈, 희망, 용기, 도전, 감동, 품격, 아름다움, 멀리 보기, 긴 호흡.' 학력이 짧기에 어쩔 수 없다. 그래서 책을 쓰는 데 남들보다 몇 배 더 긴 시간이 걸렸다. 단어 열 개로 책을 쓸 수는 없으니까.

"용기를 가지고 가치 있고 감동적인 일에 도전하세요. 좀 더 품격 있게 가야 합니다. 꿈과 희망, 아름다움에 도전하시기 바랍니다. 긴 호흡으로 멀리 봐야 합니다."

나와 대화를 나누는 사람들은 모두 내 표현에 감동을 받는다(우리 스태프와 매니저만 빼고). "어쩜 그렇게 말씀을 잘하세요."라는 칭찬도 자주 듣는다. 측근에게 놀림을 받을지언정, 나는 이런 말들이 좋다. 왜 우리는 나이가 들어갈수록 이런 말들과 점점 멀어질까. 그것이 마치 젊은이들만의 전유물인 양. 이 세상의 여러 가치에 대해 고민하지 않고 하루하루 그저 생물학적인 삶을 살아가고 있는 건 아닌지, 항상 가슴에 손을 얹고 생각해 봐야 한다. 지금, 내 가슴에 꿈과 희망이 꿈틀거리고 있는지, 그것이 세상을 아름답게 만드는 가치 있는 일인지….

우리는 너무 빠르게, 너무 좁게, 너무 닫힌 채로 산다. 부디 좀 더 긴 호흡으로, 멀리 보며 살자. 이 세상이 얼마나 살 만한 가치가 있는 곳인지 알게 될 것이다. 나는 '긴 호흡'과 '멀리 보고'를 항상 곁에 두고 산다. 하루에 스무 번 이상씩 그 이름을 부른다. "긴호흡아!" "멀리보고야!" 내가 기르는 강아지들 이름이다. 원래는 '눈물이'와 '뿌미'였는데, 내가 개명했다. 좀 더 가치 있게 살아가라고. 나중에 기를 반려견의 이름은 '가치'와 '감동이'로 정해 두었다.

# 과감하게 거부할 줄 알아야 한다

이미 아시겠지만, 나는 참 말을 안 들으며 자랐다. 부모님 말씀이든 선생님 말씀이든. 아마 이런 아들 안 두길 잘했다고 여기시는 분들도 있을 것이다. 부모님은 내가 좋아하는 일에는 '하지 말라'는 말만 하셨고, 내가 싫어하는 일에는 '제발 하라'며 모든 지원을 아끼지 않으셨다. 부모님은 나에게 음대 교수가 되어야 한다고 하셨다. 그 길만이 최상이라고 믿고 내게 주입하셨다. 대중음악을 해서는 먹고 살기도 어렵고 사람대접도 받지 못한다고, 역정을 내셨다. 나는 이해할 수 없었다. 내가 하고 싶은 음악을 열심히 하면 나도 외국의 유명한 아티스트처럼 될 수 있을 것 같은데, 왜 안 된다는 건지. 어렸을 때부터 나는 어른들의 말씀에 일단 의문을 가졌다. 매 순간 반문해 보았다.

'정말 그렇게 하면 안 될까? 부모님이 어떻게 알지? 그 길을 가 보지도 않고 어쩜 저렇게 자신 있게 말씀하실 수 있지? 피차 모르는데, 신이 아닌 이상 한 인간의 삶에 대해 어떻게 단정 지을 수 있지?'

하고 싶은 일에 대한 신념이 확고하다면, 그리고 그에 따르는 책임을 질 자신이 있다면, 다음 순서는 과감하게 거부할 줄 아는 것이다. 많은 사람이 옹호한다고 해서 그것이 정답이란 법은 없다. 하지 말라고 하는 일, 가지 말라는 길, 그것을 직접 경험해 보기 바란다. 선택도, 실패도, 후회도 자신의 몫이다. 수치나 통계를 믿지 말자. 어떤 직업을 가지면 성공한다느니, 어느 기업에 취직하면 안정적이라느니 하는 말을 맹신하지 말자. '안정적인 일'이란 없다. 이미 사회 전반의 급속한 변화가 그걸 말해 주고 있지 않은가. 대기업에 취직해도 40대에 퇴출 대상이 된다. 판검사, 의사도 예전 같지 않다.

자신이 행복할 수 있는 일, 더 오래갈 수 있는 길을 찾아야 한다. 어쩌면 '하지 말라고 하는 일', 그 안에 내가 찾는 답이 있을지도 모른다. 소신을 바탕으로 과감히 거부할 수 있는 용기와 의지가 필요하다.

강원도 속초

# 비교하지도, 비교당하지도 말자

우리는 평생을 비교하고 경쟁하며 산다. 그것도 짝꿍, 친구, 직장 동료, 이웃 등 가까이에 있는 사람들을 상대로 경쟁한다. 공부 잘하는 친구가 다니는 학원에 쫓아가고, 그 친구가 푸는 문제집을 산다. 텔레비전이나 잡지에서도 소위 '잘나간다'는 사람들이 어떤 책을 읽고 어떤 음악을 듣고 어떤 취미를 갖는지, 또 어떤 물건을 사용하고 어떻게 재테크를 하는지, 자녀교육은 어떻게 하는지 등을 알려 주며, 마치 삶의 모범답안을 보여 주는 듯 한다. 또 요즘 '뜨는' 헤어스타일, 옷 스타일을 놓치면 왕따라도 당할 것 같은 분위기다.

그렇게 비교하고 경쟁하면서, 사람들이 미어터질 듯이 운집한 일정한 원 안에 들어가려고 애를 쓴다. 그 원 밖에 있으면 '아웃사이더'로 눈총을 받게 된다. 결과적으로, 평생을 비교하고 경쟁하며 사는 이유가, 나도 남들 같은 집에서 살고, 남들 타는 차를 타고, 남들 하는 것을 즐기고…. 즉, 남들과 '같은' 삶을 살기 위한 것이라니, 참으로 아이러니하다.

아이를 큰물에서 놀게 하고, 자유로운 생각과 주관을 가질 수 있도록 교육해야 하는데, 그저 눈앞의 경쟁상대만 이기라고 가르친다. 위인전을 읽으라고 전집을 사다 주면서, 위인처럼 도전적인 삶을 살겠다고 하면 반대한다. 나는 어릴 때부터 위인전과 역사책을 읽었고, 그들의 도전정신과 투지와 과감한 용기를 가슴속에 새기며 살았다. 친구들이 똑같은 브랜드의 운동화를 신으면, 나는 쳐다보지도 않았다. 나는 무리에 섞이지 않는 특별한 존재가 되고자 노력했다. 비교하지 않았고, 비교당하지도 않았다.

친구들은 그런 나를 부러워했다. 인생의 중반을 넘어가는 지금도 그 시절 친구들이 나를 부러워한다. 어릴 때도 친구들은 나에게 "넌 왜 공부를 안 해?"라고 묻지 않았고, 지금도 "넌 왜 그렇게 살아?"라고 하지 않는다. 대기업 임원, 잘나가는 의사, 사업가가 된 친구들이 집도 없고 재산도 없는 나를 부러워한다. 하지만 나는 그 친구들을 부러워하지 않는다. 나는 비교하지 않는다. 비교당하지도 않는다.

# 스스로 베토벤이 되자

어릴 적 피아노 레슨 선생님이 그랬다. 손 모양을 예쁘게, 살짝 계란 쥐듯이 하라고. 90도 각도로 반듯하게 앉지 않는다고 손등도 참 많이 맞았다. 피아노 교본에도 나와 있었다. 올바른 자세와 나쁜 자세. 집에서만 피아노를 칠 때는 몰랐다. 나도 그렇게 해야 하는 줄 알았다. 그러나 피아노 콩쿠르에 나가 보고, 거기서 다른 친구들의 똑같은 자세를 보면서 '똑같은 자세'에 대한 거부감이 들었다. 십대 중반, 해외 아티스트의 피아노 치는 모습은 나에게 배신감마저 느끼게 했다. 선생님에 대한 배신감. 그들은 아주 불량스러운 자세를 취하면서도 나보다 더 강한 소리, 아름다운 소리를 냈다. 배신이고 충격이었다.

그날 이후 30대 후반까지, 나는 내가 내는 소리에 대해 연구했다. 내 소리를 듣기 위해 불을 끄고 연주를 하고 녹음도 해 보았다. 나는 내 소리를 제대로 파악하기 위해 온갖 노력을 기울였다. 잘못된 연습방법에서 오는, 혹은 똑같은 연습방법에서 오는 차별화되지 않은 소리. 나는 그 소리에서 벗어나기 위해 내 몸과 내 호흡, 내 자세를 철저히 연구했다.

나는 손가락이 짧고 굵다. 사람들이 내 손을 보면 깜짝 놀란다. 당연히 길고 가늘 거라고 생각한다. 나는 그 말이 우습다. 피아노는 손가락을 이용해 건반을 때리고, 누르고, 밀고, 치는 타악기다. 도구라고는 손가락이 전부인데, 가느다랗기만 하면 88개 건반을 어떻게 이겨 낼 수 있겠는가. 어릴 때 피아노 선생님이 나에게 네 번째와 다섯 번째 손가락 사이를 찢는 수술을 받는 게 어떻겠냐고 제안하셨다. 낮은 도와 높은 도, 한 옥타브도 커버하기 벅찰 정도로 손가락이 짧으니 수술을 받는 게 앞으로를 위해서 좋다고.

세상에는 손가락 개수가 부족한데도 피아니스트가 된 사람들이 많다. 손가락이 나처럼 짧거나 너무 가늘거나 몇 개 부족하다 해도 방법이 있다. 자신의 몸을 이용하면 된다. 강렬한 타법이 필요할 땐 손으로 안 되면 어깨로, 어깨로도 부족하면 엉덩이를 들고 체중을 실어 누르는 방법이 있다. 반듯하게 앉아야 나오는 소리가 있고, 다리를 뒤로 빼고 삐딱한 자세를 취해야 나오는 소리가 있으며, 건반에 이마가 닿을 듯 수그려야 나오는 소리가 있다. 소리는 각자의 몸에 따라 다 다르게 나온다. 일류 연주자와 같은 소리를 내기 위해 노력도 해야 하지만, 자신의 소리를 들을 줄 알고 자기 몸도 알아야 최상의 소리를 찾을 수 있다.

소리에 대한 연구를 피아노에만 몰두해서는 안 된다. 이 세상에서 찾아야 한다. 사람들과의 관계에서, 사랑하는 사람의 마음에서, 고독과의 싸움에서, 타인의 아픔에 대한 공감에서, 긍정적인 마음과 도전정신에서, 영화와 책과 여행에서 찾아야 한다. 소리는 자신의 철학이다.

베토벤 악보를 틀리지 않게 잘 치는 것만 중요한 게 아니다. 나만 칠 수 있는 베토벤, 남과 다른 나만의 베토벤을 찾아 스스로가 베토벤이 되어야 한다.

# 하늘은 '버리는' 자를 돕는다

　나는 색과 디자인에 관심이 많다. 그래서 여행을 떠난다. 다양한 색을 보고, 다른 디자인을 접하기 위해. 저들의 상상력을 느끼기 위해 여행을 간다. 유럽에 가면, 같은 차종이라도 같은 색, 같은 디자인을 찾기 힘들 정도다. 도시마다 색이 다르고, 디자인이 독특하다. 새로이 바꾸는 게 있고, 그대로 두는 게 있다. 상상력 하나로 도시를 세우기도 하고, 섬을 만들기도 하며, 세계적인 관광지를 조성하기도 한다. 상상력은 그렇게 위대한 것이다. 천문학적인 가치를 도출할 수 있는 무서운 힘이다.

　나는 다양한 색과 디자인을 접해야 자신만의 색으로 디자인할 수 있다고 생각한다. 가장 좋은 방법이 여행이다. 형편이 여의치 않더라도 한 번쯤은 학비로 준비한 수백만 원을 빼서라도 여행에 투자해 볼 필요가 있다. 결코 배부른 소리를 하는 게 아니다. 단 한 달만이라도 익숙한 환경을 벗어나 다른 경험을 해 봐야 한다. 충분히 그럴 만한 가치가 있는 일이다. 여행을 통해 다양한 색과 디자인, 문화를 경험하고, 다양한 사람들을 통해 다른 각도에서 나 자신을 보고, 나만의 나, 특별한 나를 만들어야 한다. 혹시 그로써 나중에 금전적으로 고생하게 될까 봐, 취업 시기를 놓치게 될까 봐 걱정이 된다면, 이 말을 명심하라. 하늘은 스스로 '버리는' 자를 돕는다. 세상과 '맞서는' 자를 돕는다.

미국 유타

# 성공의 자격

같은 말이라도 예쁘게 하고 경건하게 하면 인생이 바뀔 수 있다. 친한 사이일수록 배려를 담아 말하는 것이 중요하다. 나는 늘 말투와 속도, 표현에 신경을 쓴다. 같은 말이라도 상대가 기분 나쁘지 않게, 기왕이면 좋은 기분을 느낄 수 있게 하려고 노력한다. 너무 높은 어조와 빠른 속도로는 사람을 감동시킬 수 없다. 경건함을 느끼게 할 수 없기 때문이다. 말에 경건함을 담으려면 기본적으로 어조를 낮추고 약간 속도를 늦추며 말끝을 흐리지 않으면 된다. "안녕하세요." "감사합니다." "제가 죄송합니다." 끝까지 또렷하게 말하되, 끝을 올리지 말고 약간 내리면서 살짝 끌어 주면 좋다. 사람이 지닐 수 있는 가장 강력한 자원은 인성과 품격이라는 사실을 잊지 말았으면 한다.

나는 오래 만난 사람에게도 쉽게 말을 내뱉지 않는다. 나는 비속어로 친분을 과시하는 사람, 툭툭 던지듯 말하는 사람을 멀리한다. 나는 나보다 아무리 나이가 어려도 말을 쉽게 놓지 않는다. 청소하시는 분들에게, 경비를 보시는 분들에게, 택시 운전을 하시는 분들에게, 식당에서 일하시는 분들에게, 서비스업에 종사하시는 분들에게 내가 부르는 호칭은 '선생님'이다. 그리고 자주 감사인사를 건네고, 존경을 표한다. 내가 하지 않는 일, 내가 할 수 없는 일을 하는 사람들을 존중하고 존경한다.

특히 제복 입은 사람들을 공경하는 사회가 돼야 선진국이 될 수 있다고 믿는다. 군인, 소방관, 경찰, 간호사, 청소부 등 그들을 향한 사람들의 시선과 사회적 배려가 더욱 따뜻해져야 한다. 그분들을 만날 때마다 같은 말이라도 따뜻하게 감사인사를 건넸으면 한다.

아무리 멋지게 꿈을 이룬 사람이라고 해도, 교만하게 행동하고 말을 함부로 하거나 다른 삶을 존중하지 않으면 결코 존경받을 자격이 없다. 무슨 일이든지 '성공'에는 세 가지 요소가 충족돼야 한다. '잘하는 것'과 '감동이 있는 것', '오래가는 것'이다. 아무리 뛰어난 재능을 가졌어도 감동을 주지 못하면 부족하다. 잘하고 감동도 주는데 오래가지 못한다면 그 역시 부족한 것이다. 이 세 가지를 고루 갖추는 데 인성과 품격은 가장 최소 단위의 기본 요소다. 같은 말이라도 아름답게 하기를 바란다.

아무리 멋지게 꿈을 이룬 사람이라고 해도 다른 삶을 존중하지 않으면
결코 존경받을 수 없다. 사람이 지닐 수 있는 가장 강력한 자원은 인성과 품격이다.

# 출발점이 다른 이들을 위하여

나는 공부를 잘하는 학생보다 성적이 뒤처진 학생들에게 관심이 쏠린다. 잘사는 집 아이들보다 어려운 환경에서 사는 아이들, 어깨가 축 처진 학생들, 방황하는 학생들에게 관심이 많다. 내가 걸어온 삶이 적어도 그들에게는 어떤 힘을 줄 수 있다고 믿기 때문이다. 대학을 못 갔다고, 다른 친구들과 출발점이 다르다고 비관하지 말았으면 한다. 레슨비가 없어 음악을 중도에 포기하게 되었다 하더라도 희망을 잃지 말자. 나는 중졸이든 고졸이든 학력에 상관없이 세상을 바꿀 수 있다고 생각한다. 오히려 대졸보다 고졸이, 고졸보다 중졸이 더 매력 있다고 생각한다. 대졸은 너무 많기 때문이다.

때때로 나는 고등학교도 괜히 나왔다는 생각을 할 때가 있다. 더 일찍 세상으로 나올 걸, 하는 아쉬움도 있다. 다른 사람과 환경이 다르다면, 당연히 더 열심히 더 거칠게 노력해야 한다. 나는 친구들이 대학에 다니던 시기에 삶의 현장을 누볐다. 대학생이 된 친구들을 만난 적도 없다. 너무 바빴기 때문이다. 저녁에는 나이트클럽에서 밴드 활동을 하고 낮에는 미친 듯이 음악을 들었다. 편곡을 공부하고 작곡을 하며 자생력을 키웠다. 언제 써먹을지 모를 오케스트라 편곡도 공부했고, 트로트를 연주하면서도 피아노 연주곡을 작곡했다. 그로부터 20년 후에 내 개인 앨범을 내게 됐지만, 그 앨범에 수록한 곡 대부분이 20대 때 틈틈이 작곡했던 것들이다.

정말 열심히 살았다. 지금 생각해도 버거운 마음이 들 정도로 고생도 많이 했다. 하지만 한 번도 내 삶에 대한 자신감을 잃어 본 적이 없다. 수시로 나를 벼랑 끝으로 몰아가면서 단련시켰다. 할 수 있다는 믿음으로. 학교에서도 가르치고 책에서도 강조하지만, 그 믿음이야말로 진정 삶의 기본 토대로 삼아야 한다. 성공의 뿌리를 내리는 데 필요한 절대적인 요소이다. 도전하길 바란다. 더욱 거칠게 도전하길 바란다. 또래 친구들과 출발점이 다르다 할지라도 하루하루 도전을 쌓다 보면 어느새 꿈에 훌쩍 다가서 있는 나를 발견할 수 있을 것이다.

# 30년 고생해서 300년 사는 법

사람들은 삶의 목표를 어디에 두고 살아갈까? 청소년의 꿈은 무엇일까? 대학생들이 이루려는 목표는 무엇일까? 40대 가장의 꿈은 무엇일까? 나는 신문을 하루도 빼놓지 않고 읽는다. 신문을 통해 다른 사람들의 삶을 보고 '현실'이라는 것을 접한다. 그러면서 종종 안타까움을 느낀다. 태어나 한 번 살면서, 기왕이면 더 재미있게, 더 행복하게, 더 가치 있게 살아야 하지 않을까. 나는 그렇게 생각하는데, 유감스럽게도 나처럼 생각을 하는 사람은 세상 물정 모르는 사람, 속 편한 사람, 생각 없는 사람으로 치부되는 게 현실이다.

삶의 가치관이 달라서 다른 사람들과는 어쩌면 평생을 대화해도 타협점을 찾지 못할지도 모른다. 먹고살기 힘든 세상에 꿈 타령이나 한다고 욕을 먹을 수도 있다. 그럼에도 나는 설득하고 싶다. 고작 그렇게 살려고 그 힘든 공부를 하고 안 먹고 안 입고 아끼며 사느냐고 묻고 싶다. 고작 대학 합격을 위해, 길어야 20~30년 근무하고 나오면 또다시 살길을 찾아야 하는 회사 취직을 위해, 고작 아파트 한 채 마련하기 위해 그토록 열심히 사느냐고 말이다. 그래서 그 아파트가 평생 원하던 행복을 안겨 주었는지 궁금하다.

어떤 사람들은 가치 있는 일과 하고 싶은 일을 하면 돈이 안 된다고 생각한다. 과연 그럴까? 나는 피아노 하나로 수십 가지 일을 한다. 30년 고생하고 300년 빛을 발할 가능성을 본다. 연간 100회가 넘는 공연을 하면서 피아니스트로는 상상할 수 없는 돈도 번다. 어느 시점에 이르러 평범한 일상에 치이는 삶과 어느 시점부터 날개를 다는 삶이 있다면, 진정 어떤 삶을 택하고 싶은가? 20대의 성공은 성공이 아니다. 30대, 40대의 안정은 안정이 아니다. 좀 더 멀리 보고, 가치 있는 일에 도전하라. 〈피아노와 이빨〉처럼 흥미진진한 드라마가 펼쳐질 것이다.

에필로그

# 기다림의 시간, 그 후

〈피아노와 이빨〉 장기 공연을 했던 서울 압구정동의 발렌타인극장, 그곳을 추억한다. 지하 계단으로 내려가면 자그마한 로비가 나온다. 공연장 문을 열고 들어서면 1층에 100개, 2층에 20개의 좌석이 보인다. 아담한 무대와 1평 남짓한 대기실. 처음 보는 순간, 한눈에 반했다. 그런 소극장 무대가 절실하게 필요한 시기였다. 운명처럼 그곳을 만났고, 그곳에서 3년간 공연을 했다. 그곳이 문을 닫을 때까지 거의 날마다….

초기엔 핸드페인팅 미술가 안민승과 같이 공연을 했다. 나를 인터뷰한 기자였는데, 사진과 그림을 겸업했다. 그가 인터뷰를 마치면서 언제 나와 함께 공연하면 영광이겠다고 말했다. 나는 그 말이 끝나기가 무섭게, 그의 작업실을 찾았다. 다양한 형태의 작품 활동을 하고 있었다. 생활 방편으로 기자 일을 겸하고 있었지만, 그는 본디 예술가였다. 나는 그의 가슴에 불꽃을 지폈다. 당장 이번 공연부터 함께해 보자고. 한 무대에서 나는 피아노를 칠 테니 당신은 그림을 그리라고. 그렇게 '음악과 미술의 만남'이 시작되었다. 그는 월세가 비쌌던 분당의 작업실을 팔아 일산으로 옮겼다. 당분간 공연에만 매달릴 양으로 생업도 접었다. 내가 시킨 게 아니었다. 무척 놀라웠지만, 반가웠다. 그런 사람을 만나기가 쉽지 않기 때문이다. 정기적으로 들어오는 월급을 포기하고 일단 저렴한 작업실로 옮겨, 남은 보증금으로 생활해 보겠다며, 강한 열정으로 나에게 다가왔다.

〈피아노와 이빨〉 1회 공연은 그렇게 미술과의 만남으로 시작되었다. 나는 피아노를 연주했고, 그는 별도 제작한 대형 캔버스에 핸드페인팅을 했다. 손에 페인트를 묻혀 기하학적인 그림을 그렸다. 곡목에 따라 그 느낌을 표현하며 덧입혀 가는 형식이었다. 새로운 도전이었고, 새로운 감동이었다. 관객들은 페인트 냄새에 살짝 취해 가며 공연에 몰입했다. 안민승과는 200회 넘도록 함께했다. 나는 어느 정도라도 그에게 수익을 배분하기 위해 애썼지만, 200회나 했는데도 수익이 발생하지 않았다. 가끔 행사가 들어올 때 백만 원을 준 게 최고 액수였다. 게다가 매일매일 공연하는 것은 하루하루 체력을 고갈시켜 나가는 일이었다.

다만 나는 예외였다. 나는 아무리 힘이 들어도 매일매일 공연을 하면서 오히려 체력을 키우는 스타일이었다. 땀을 쏟으며 모든 에너지를 발산하고 나면 녹초가 되었지만, 다음 날 공연에 들어갈 무렵이면 거짓말처럼 에너지가 다시 충전되었다. 많은 사람이 나에게 물었다.

"힘들지 않으세요?"

"운동을 하시나 봐요? 체력이 대단하시네요."

"대체 그 힘이 어디서 나오는 건가요?"

"담배를 피우는데 어떻게 목이 쉬지도 않으세요?"


그건 결코 '체력'만의 문제가 아니다. 그 이상의 무엇이다. 굳이 말하자면, 내겐 아주 어린 시절부터 고독과 사색을 통해 쌓아 온 보이지 않는 힘이 있다. 그리고 오랜 시간 거칠게 훈련해 온, 나만의 방법이 있다. 장기 공연을 한다는 것은 생각했던 것보다 더 많은 정신력과 체력을 요구했다. 월요일만 쉬고, 화-수-목-금-토-토-일-일. 주말엔 2회씩 해서 일주일에 8회 공연. 매번 인터미션(Intermission, 공연 중간에 쉬는 시간)도 없이 두 시간을 공연했다. 더욱이 내 공연은 잔잔한 연주회가 아니다. 관객들이 깜짝 놀라고 염려할 정도로, 온몸으로 연주를 했다. 무대 위에서 단 1분도 쉬지 않았다. 보통의 연주자들은 그런 식으로 일주일만 공연해도 쓰러졌을지 모른다.


연극처럼 대역도 쓸 수 없는 공연. 악보대도 빼 버린 채 전곡을 외워서 하는 공연. 아무리 횟수를 거듭하며 공연이 익숙해져도 단 한 번도 긴장하지 않았던 적이 없었다. 그런 공연을 하며 나는 앓아

눕기는커녕 큰 감기 한 번 걸리지 않고 참 지독하게도 오래 공연을 했다. 몸과 정신을 스스로 다스렸기에 가능한 일이었다. 굳이 나의 체력 관리법을 설명하자면, 나만의 호흡법을 말할 수 있다. 나는 평소에도 숨을 덜 쉬고 천천히 내뱉는다. 아주 오랜 시간 가다듬어 온 호흡법이다. 언젠가 단전호흡으로 수련하는 분을 만났는데, 나의 지칠 줄 모르는 체력이 호흡법 덕분인 것 같다고 했다.

나는 하루 평균 한 갑 반에서 두 갑가량 담배를 피운다. 그리고 인스턴트커피를 열 잔씩 마신다. 열다섯 살 때부터 지금까지 그래왔다. 노래하는 사람에게 담배가 치명적이라는 것은 보통 사람의 생각이다. 나는 담배가 나에게 약이 된다고 생각하며 살았다. 어렸을 때는 록 스타의 거친 목소리를 모방하기 위해 담배를 더 많이 피워 댔다. 결코 정답이 아니고 추천할 만한 방법도 아니지만, 중요한 건 누구나 자기만의 방법이 필요하다는 사실이다. 모든 방법을 다 적용해 보면서 절실하게 자기만의 방법을 찾아야 한다는 얘기다. 예술가라면 마땅히 거쳐야 할 과정이다.

한번은 장기 공연을 하면서 난생처음으로 이비인후과를 찾았다. 목에서 피가 날 정도로 상태가 악화됐다. "혹시 창 하시는 분입니까?" "비슷합니다. 노래를 합니다." "그럼 방법은 두 가지입니다. 이미 성대 결절이 온 지 꽤 되었네요. 아주 심각한 상태라고 보면 됩니다. 수술을 하는 방법이 있고, 내버려두고 더 단단하게 만드는 방법이 있습니다. 판소리하시는 분들은 일부러 피를 내려고 애쓰기도 하지 않습니까? 매일 노래를 해야 한다면 그것도 한 방법이 될 수 있습니다." 이비인후과 원장님이 아주 멋진 결론을 내려 주었다.

그때 깨달았다. 그렇게 거칠게 살아온 내가 나만의 방법을 어느새 잊고 있었다는 걸. 어릴 때부터 나는 약을 잘 먹지 않았다. 아파도 그냥 꾹 참았다. 몸이 스스로 치유하기를 기다렸던 것이다. 그런데 당장 목이 아프다고 의학의 힘을 빌리려 하다니…. 나는 나의 몸을 더욱 거칠게 단련하기로 다짐했다. 의사선생님이 큰 깨달음을 준 것이다.

목에서 피가 나 병원을 찾은 사람이 깨달음과 더불어 용기를 얻은 셈이다. 그래서 아주 자신 있게 내버려두었다. 내 몸과 내 정신력을 믿고 더욱 전투적으로 공연을 했다. 스태프들은 피아노 공연이니까 노래를 줄이고 연주를 좀 더 많이 하는 식으로 당분간 목을 돌보라고 조언했다. 그러다 목 다 망가진다고 엄포도 났다. 하지만 나는 내 스타일대로 밀어붙였다. 자꾸 보통 사람의 기준을 나에게 맞추려 하지 말라고 했다. 나는 나만의 방법이 있다고.

요즘도 가끔 그때 발렌타인극장의 대기실이 떠오르곤 한다. 대기실은 무대에 올라가기 전까지 앉아 있는 오직 나 혼자만의 공간이었다. 고독과 두려움과 싸우는 시간이며 아주 외로운 기다림의 시간이었다. 나는 매일매일 글씨를 썼다. 아무 신문이나 책을 펴 놓고 천천히 글씨를 쓰며 마음을 다스렸다. 대기실에 앉아 있으면, 객석에서 웅성대는 소리가 들린다. 그 소리로 오늘 관객이 몇 명 왔는지 대충 가늠할 수 있다. 공연하는 동안 만나는 사람들마다 전하는 수천 마디 말, 공연을 이렇게 바꿔라, 저렇게 바꿔라 하는 조언….

나는 다 귀담아 들었지만 수용한 것은 거의 없다. 사람들은 애정 어린 마음으로 조언을 하곤 했지만, 수백 명이 하는 수천 가지 이야기를 다 받아들일 수 없었다. 감사하는 마음으로 듣되, 나만의 철학을 가지고 끌고 갈 필요가 있었다. 아마도 그랬기에 지치지 않고 여기까지 올 수 있었으리라.


예술을 하는 사람에게는 특히 기다림의 시간이 중요하다. 누구도 도와줄 수 없는 자신과의 고독한 싸움을 이겨 내는 인고의 시간이 필요하다. 나의 노력이 가시적인 성과로 결실을 맺기까지, 적게는 몇 년에서 많게는 10년, 20년, 30년, 때로는 평생을 기다려야 한다. 나는 내가 선택한 방법을 후회하지 않으며, 감히 다른 사람에게도 추천할 수 있다. 자신의 꿈을 이루려는 사람이, 예술로 다른 사람에게 감동을 주겠다는 사람이, 목표 시점을 20대에 두는 것 자체가 잘못이다. 지금도 음악을 하거나 미술을 하는 젊은 친구들이 얼마나 절박하게 하루를 살아가고 있는지, 나는 안다. 분명 길고 긴 터널의 끝이 도무지 보이지 않는 어둡고 답답한 오늘을 보내고 있을 것이다. 돌아 나와야 하는지, 계속 가야 하는지, 가면 또 어떤 방법으로 가야 하는지… 답이 나오지 않을 것이다.

　나는 마흔 살에 꿈의 문턱에 한 발짝 발을 들여놓았고, 다시 시작했다. 그 후 무수한 도전과 실험을 감행해 왔다. 보통 사람의 시각으로 보면, 나는 마흔 전까지는 지금 하는 일과 '거의' 상관없는 일을 했다. 그렇다. 내가 20대, 30대 때 섰던 무대는 내가 꿈꿨던 무대가 아니었다. 그렇다면 그게 무의미한 시간이었을까? 결코 그렇지 않다. 그 시간이 있었기에, 깊고 단단한 내가 될 수 있었다. 나는 앞으로의 삶이 더 기대된다. 설레고 흥분된다. '아직도', '여전히', '이전보다 더욱' 꿈틀거리는 가슴과 열정을 안고 가기 때문이다. 나는 피아니스트다. 나는 피아노와 이빨이다. 나는 천하의 윤효간이다.

# 윤효간을 말하다

매니저 김유미

    윤효간, 나는 그의 이름 뒤에서 매니저로, 기획실장으로, 오른팔이자 동지로 10년을 보냈다. 그가 무대 위에서 관객을 바라보았다면, 나는 객석 가장 뒤에 서서 무대 위의 연주자와 연주를 관람하는 관객, 관객을 바라보는 연주자, 이 모든 풍경을 지켜보았다. 그 과정을 천 번 넘게 반복해 왔지만, 나는 여전히 노심초사하며 무대의 안전을 살피고, 관객의 반응을 지켜본다. 공연 중에 웃음이 터져 나와야 할 때나 박수와 함성이 나와야 할 순간이 있다. 나는 이럴 때마다 카운트를 하며 주문을 걸거나 기도를 한다. '하나 둘 셋…, 박수 빵!' 하면 거의 백발백중 박수와 함성이 터진다.

    2시간 남짓한 공연이 적어도 한 시간은 지나고 나서야 나는 마음을 놓고 자리에 앉을 수 있다. 공연의 반응은 나의 주문 때문이 아니라, 천 번을 넘게 무대에 올라도 끄떡없는 윤효간 대장님의 놀라운 에너지 덕분일 것이다.

    우리 스태프들은 그를 '대장님'이라고 부른다. 대장은 어떤 무대에서든, 어떤 관객이 앉아 있건 간에 고개를 빳빳하게 들고 이야기를 펼친다. 또 쉴 틈 없는 장기 공연에 스태프들은 잔병을 달고 살아도, 대장은 무대에서 매일매일 땀을 흠뻑 흘리며 에너지를 쏟아내는데도 끄떡없다. 매회 무대에서 에너지를 남김없이 써야만 힘이 나는 사람 같다. 어디 두 시간의 공연뿐일까, 매번 관객의 손을 잡아 주고, 배웅을 하며 사진을 찍고, 또 몇 시간씩 걸리는 리허설까지 합하면 그는 적어도 대여섯 시간의 공연을 해 온 셈이다. 나는 대장에게 참 독하다고 했다. 어떻게 감기 한 번 안 걸리고, 아파서 공연을 쉬는 일도 없이 그렇게 강철일 수가 있느냐고. 덩달아 강철의 아티스트를 좇아가느라 때론 원망을 하기도 한다. 그렇게 나는 대장의 옆에서 10년 넘게 놀라워하고 있다.

치사한 방법이긴 하지만, 때때로 나는 대장과 의견 충돌이 있을 때 그의 학력을 트집 잡아 놀리곤 한다. 그래서 무식하다고 말이다. 정말로 그는 하루에도 몇 번씩 천재와 바보를 오가는 특수한 지능을 가진 것 같다. 하지만 그는 참 지혜로운 사람이다. 그의 지혜로움은 위기 때일수록 빛을 더 발하는데, 이른바 학교 공부를 잘했던 명석한 사람들은 결코 그의 동물적인 본능에 의한 지혜로움을 따라갈 수 없을 것이라는 생각을 하게 된다.

공연을 하는 우리에겐 자주 위기상황이 찾아왔고 그 기간이 길게 가는 일도 많았는데, 그럴 때마다 대장은 아티스트의 기품을 잃지 않으면서도 유능한 사업가적 능력을 발휘하곤 했다. 하나를 얻으면 하나를 잃는다는 말이 있지만, 우리는 달랐다. 아홉 개를 잃으면 하나가 남는 식이었다. 얻은 후에 잃는 것이 아니라, 일단 잃는 것부터 겪어야 간신히 하나가 얻어졌다. 그리고 남은 하나를 어떻게 활용할 것인가에 대해 대장의 동물적 본능이 발동하면, 상상을 초월한 뭔가가 탄생하곤 했다. 그렇게 탄생한 가장 대표적인 작품이 〈피아노와 이빨〉이다.

그는 참 고결했다. 그리고 어떠한 경우에도 고결함을 잃지 않았다. 자신이 택한 꿈으로 성공을 한다는 것이 앞으로 십 년이 걸릴지, 이십 년이 걸릴지, 혹은 죽은 뒤에나 가능할지, 아니면 아예 불가능할지 아무런 보장이 없었지만, 그는 자기 음악을 하겠다는 일념으로 빤히 보이는 고생길에 주저 없이 뛰어들었다. 더욱이 마흔이라는 나이에 이제껏 쌓아 온 일을 버린다는 것이 어디 쉬운 일인가. 그런데도 그는 달랐다. 대부분의 사람들이 나이 마흔이라는 시기를 '늦었다'고 생각한다면, 그는 '최적기'라고 생각했다. 바로 지금이 가장 적합한 때라고. 그리고 절대 '무작정'이 아니라고 했다. 20년을 기다려 왔고, 20년을 매일매일 준비해 왔다며 자신 있어 했다. 나를 포함한 주위의 음악 동료들은 믿기가 힘들었다. 당사자가 자신 있다고, 지금 꼭 해야겠다고 하는데도 외려 우리는 그를 믿지 못했다. 대장이 따라오라고 하니 따라갔을 뿐이다.

대장이 다른 사람의 음악을 만들어 주는 일에서 자신의 음악을 하는 사람으로 전향하면서 많은 것을 정리했을 때, 정말이지 아무것도 가진 게 없는 상태가 한동안 지속되었다. 아주 과감하게 포맷을 해 버리고 하루에 밥 한 끼 먹기도 힘든, 참 무모하기 짝이 없는 현실이 닥쳤는데도 그는 이상했다. 두려움이 없었다. 그저 꿈을 찾는 마흔 살의 소년이 되어 있었다.

　　가출을 하고 자유를 찾았다던 열아홉 시절의 모습이 이러했을까? 그는 기다렸다는 듯이 오직 자신만의 음악에 몰두했다. 이미 음악도 준비되어 있었다. 십여 년 전부터 작곡해 두었던 곡들과 구상했던 공연을 하나하나 실행해 갔다. 아이러니한 건지 그가 위장을 잘한 건지, 대장의 지인들은 그가 그렇게 힘든 상황인 것을 몰랐다. 그를 불쌍히 여기지 않았다는 뜻이다. 그의 현실을 몰랐던 것을 감사하게 생각했을 만큼 그는 아무리 열악한 상황에서도 티를 내지 않았다.

　　그럴 법도 한 것이, 돈 한 푼 없는 사람이 음반을 만들고, 공연을 제작하니까 당연히 돈이 많은 줄 알았다. 신기하게도 밥 먹을 돈은 안 생겨도, 작품 만들 제작비는 그때그때 하늘에서 뚝 떨어졌다. 정말 기적처럼 생각지도 못한 곳에서 딱 그만큼의 경비가 생기곤 했다. 내가 보기에 대장은 좀 '있어 보이는' 외모 덕을 많이 봤다. 때론 정말 없다고 해도 믿어 주질 않았으니까. 그는 없어 보여선 안 된다는 철칙을 가지고 있다. 그가 말하는 '있음'이란 물질적인 풍족함이 아니라 그 사람 자체에서 느껴지는 당당함이다.

"대장님은 어쩜 그렇게 당당할 수 있어요? 대체 그 끝도 없는 배짱은 어디에서 나오는 거예요? 뭐가 그렇게 하고 싶은 게 많아요?…" 나는 도무지 그를 따라갈 수 없는 버거움에 두 손을 놓고 싶었지만, 결국엔 두 손 들고 항복한 채 지금까지 버텨 왔다. 사실 나는 알고 있다. 그의 당당함이란 아주 오래되어 견고해진, 꿈과 아픔과 고귀한 정신력의 결과라는 것을.

나는 〈피아노와 이빨〉 1000회 공연을 넘기면서 곰곰이 생각해 보았다. '윤효간의 경쟁력은 뭘까?' 학력도 높지 않은 피아니스트. 해외 콩쿠르에 나간 적도 없고, 클래식도 아닌 대중음악을 하는 고졸 피아니스트의 음악을 듣고 어쩌면 저렇게 다양한 계층의 사람들이 좋아할 수 있는지 말이다. 어린아이들이나 사춘기 청소년, 이십대 대학생, 무뚝뚝한 군인과 기업의 CEO들, 그리고 쉽사리 남을 인정하려 하지 않고 성격 까칠하기로 소문난 사람들과 피아노 공연을 한 번도 즐겨 본 적 없는 노년층까지. 이보다 더 다양할 수 없는 각계각층 사람들을 두 손 들게 만드는 힘. 단단히 묶인 관객의 팔짱을 풀어 두 손 들어 흔들게 하고, 꽉 다문 입을 열어 큰 소리로 합창을 하게 하는 힘. 바로 거기에 윤효간 스타일이 있었다.

나그네의 옷을 벗긴 것은 비바람보다 뜨거운 태양이었던 것처럼, 딱딱하게 굳은 관객의 가슴을 녹여, 온몸을 움직이고 감정의 숨통을 열게 해 준 것은, 뛰어난 실력과 유창한 언변, 화려한 무대가 아니었던 것이다. 피아니스트의 음악에 담긴 고귀한 정신과 아름다움의 가치, 순수한 배려에 '진심'이라는 걸 느꼈기 때문일 것이다. 그는 무대와 객석 사이에 진짜 소통을 이루고, 감동이라는 귀한 감정을 관객의 가슴속에 심어 주었다.

그가 삶의 목표로 삼으며 바라보고 온 것은 음악적 성공과 돈, 명예, 기부 같은 것들이 아니다. 그는 아주 오래전부터 하나만 바라보면서 왔다. 성공과 명예보다도 더 높은 곳에 있는 무서운 힘, 바로 빛이다. 나는 그래서 대장이 다른 사람과 다를 수밖에 없다고 생각한다. 보통의 사람들이 입학, 취업, 집 장만, 승진, 성공, 나눔 등으로 단계를 밟으며 목표점을 높이는 데 반해서, 대장은 처음부터 아예 저 높은 곳에 있는 빛만 보며 걸어왔다. 목표점부터 달랐다. 그는 항상 주문처럼 나에게 말했다. 제발 너 스스로 위대한 존재라는 사실을 믿으라고.

물론 그가 선택한 삶의 방법은 성공이라는 측면에서 보면, 가능성이 낮은 방법이라 할 수도 있다. 특별한 재능을 가진 특별한 사람들이나 할 수 있는 방법이라고. 그가 대단하다는 걸 알고 존경도 하지만, 나와 내 아이는 평범하게 안정적인 삶을 살았으면 하는 사람들이 많을 것이다. 그런데 이 세상에 안정적이라는 특권이 과연 존재할까? 내가 본 '윤효간 스타일'은 자기 안의 위대한 가치를 알고, 자신을 끝까지 믿으며 남과 비교하지 않는 것이다. 어떠한 환경에도 눈 하나 깜짝하지 않는 것이다. 그것을 지키며 나아갈 때, 적어도 다른 사람과는 비교할 수 없는 행복한 인생이 되리라는 건, 윤효간을 오랫동안 지켜본 매니저로서 자신 있게 이야기할 수 있다.

사회적 스펙이 아닌, 자신의 행복감이 바탕이 되어야만 성공도 따라올 것이다. 만약 현재의 나를 믿고 응원해 주는 지원군이 없다면, 윤효간처럼 머리 위의 빛을 보는 방법을 추천한다. 아주 먼 곳에 있는 것 같아도, 바로 머리 위에 있는 것처럼 보이는 게 윤효간 식(式) 빛의 가치가 아닐까. 아무리 외로운 환경에 처한 사람일지라도 빛을 보고 그 빛을 믿는다면, 끝까지 든든하게 희망을 품을 수 있을 것이다. 그리고 언젠가는, 내가 보았던 빛을 다른 사람들에게 나누어 줄 수 있는 눈부신 힘을 발휘하게 될 것이다.

윤효간은 모두 반대한 길을 선택한 사람이다. 오랫동안 외로운 길을 걸어왔는데 이제는 주위의 많은 사람이 그의 선택을 믿고 지지하고 있다. 그가 선택한 자기만의 프로그램이 약 30년 만에 사람들에게 인정받게 된 것이다. 남들과 다른 길을 간다는 것은 어쩌면 이렇게 오래 걸리는 일일 것이다.

언제나 중대한 결정을 내려야 할 때나 계획했던 대로 일이 진행되지 않았을 때, 그는 "내 스타일대로 할 거야." "우리 스타일대로 가자."라고 한다. 이런 윤효간의 스타일이 〈피아노와 이빨〉을 만들었고 이것이 이 책의 제목이 되었다. 윤효간의 스타일은 할 수 없을 것 같은 환경에서 못할 게 뭐가 있냐고 밀어붙이는 단호함이다. 안 하는 것보다 하는 게 백 번 낫다고 말하며 멈추지 않는 추진력이며, 어떠한 상황에서도 눈 하나 깜짝하지 않겠다는 담대함이다.

   그는 위험한 삶을 살았다고 한다. 그러나 그 길이 자신에게는 제대로 된 길이었다고 말한다. 위험했으나 스스로에겐 그 길이 맞는 선택이었다고 말이다. 윤효간 대장님과 함께 우리 스태프들은 같은 마음으로 움직이고 있다. 진심으로 많은 사람에게 용기를 주고 싶다. 서로 위로하고 박수 쳐 주며 힘을 주고 싶어서 먼 곳까지 찾아가고 있다. 사적인 즐거움을 누릴 시간은 줄어들었지만, 어느새 나도 즐거움에 대한 가치가 달라졌다.

   아마도 나는 아주 오랫동안 윤효간 대장님의 동지로서 함께할 것이다. 윤효간 스타일을 지켜본 관객과 독자들에게 행운이 깃들기를 기원한다. 스스로에게 용기를 주며 멋진 기적을 이루어 가기를!

# 함께해 주서서 감사합니다

첫 책을 준비하면서 책 한 권을 내는 데에도 많은 사람의 노고가 필요하다는 사실을 알았다. 공연도 그렇고 책도 그렇고 앞으로 내가 하고자 하는 일들은 나 혼자서 할 수 있는 것이 하나도 없다. 모두 '사람'이 필요한 일이다. 사람들과 함께해야만 가능한 일이다. 생각해 보면 그동안 많은 사람의 도움을 받아 왔다. 그 고마움을 이 책을 빌려 전하고 싶다.

먼저 재능을 물려주시고 좋은 환경을 만들어 주신 부모님께 감사를 드리고 싶다. 부모님이 원하는 길을 걷진 않았지만, 이렇게 성장해 사람들에게 기쁨과 용기를 주게 된 아들을 이제는 자랑스럽게 여기시리라 믿는다. 평생 그런 적이 없으셨던 아버지는 아흔이 넘은 연세에 하루 세 번씩 전화를 하셔서 이것저것 물어보시고 도움을 청하신다.

휴대전화 액정에 '부산집'이라고 뜰 때마다 웃음이 나면서도 마음이 참 아프다. 아코디언을 사시겠다고 알아봐 달라고 하실 땐 눈물이 났다. 오랫동안 아버지를 원망했던 마음이 어느새 녹아 사라졌는지, 이제는 그분들을 생각하면 나는 참 아프다. 뒤늦게야 사랑하는 마음을 알게 된 것 같다. 감사한 마음을 전해 드리고 싶다.

　나는 사적인 이야기를 거의 하지 않는다. 가족 이야기, 어린 시절 이야기 혹은 경제적 난관에 부딪힌 이야기 등등. 생각해 보면 나는 오랫동안 스스로 외로운 환경에 넣어 두었던 것 같다. 내가 가야 할 길만 바라보며 스스로를 단단하게 만드느라 동료들과 술잔을 기울이며 친목을 쌓은 적도 거의 없다. 나에게 다가오는 사람들이 많았어도 때론 냉정할 만큼 마음을 열지 못했다. 나는 친하다고 생각해도 지인들은 사적인 이야기를 공유한다든지 자주 술자리를 같이함으로써 좀 더 가까워지기를 바랐다. 그래선지 20~30대 사진이 거의 없다. 자존심이 셌던 나는 당당하게 친구들 앞에 설 수 있을 때까지 연락을 하지 않고 살았다.
　그런데 〈피아노와 이빨〉 공연을 하면서 30년, 40년 전 친구들을 만나게 되었다. 나의 초등학교 친구들. 나를 응원하는 많은 사람 중에서도 특히 어릴 적 친구들의 응원은 더 든든한 힘이 된다. 은순, 애자, 순애, 은경, 혜령, 현숙. 내 착한 여자친구들에게 고마움을 전한다. 그리고 내가 살던 아파트가 경매에 넘어갔을 때, 나 몰래 음악 동료들을 찾아다니며 모금한 금액과 동료들의 이름을 적은 리스트를 전해 준 친구가 있다. 정말 생각지도 못했던 기적을 경험하게 해 준

내 친구 한상훈을 이 책을 통해 꼭 이야기하고 싶다.

새로운 공연을, 그것도 매번 장기전으로 벌이는 나의 거친 열정에 항상 변함없는 응원과 용기를 주시는 분들, 〈피아노와 이빨〉을 통해 만난 귀한 인연이다. 그분들에게 감사와 존경의 인사를 전하고 싶다. 혹시 빠진 분이 있다면, 그것은 나의 기억력 탓이지 결코 감사함이 적어서가 아님을 양해해 주시기 바란다. "뜻을 같이해 주셔서 감사합니다!"

윤장현 원장님, 예원 손인숙 선생님, IBK기업은행 나명찬 본부장님, LG경제연구원 최정환 실장님, 아름다운재단 윤정숙 전 상임이사님, 청와대 제2부속실 강현희 실장님, 미르치과네트워크 박진호 회장님, 동양화가 하정민, 부산시민회관 김진호 팀장님, 외환은행 이인순 지점장님, IBK기업은행 허은영 부장님, 아름다운가게 지역 총괄 본부장 서일권 님.

고마운 기업들도 빼놓을 수 없다. 나는 방송을 하지 않고, 유명 연예인도 아니다. 기업이 원하는 후원 효과를 즉각적으로 보여 줄 수 있는 아티스트가 아니기에 기업으로서도 후원이 쉽지 않다는 것을 이해한다. 그럼에도 용기(?)를 내어 후원해 준 기업들에게 감사하며 그 공연 영상을 수백 회 공연에서 관객들에게 보여 주고 있다. 시간이 걸리지만 나는 이 방법이 더욱 진정성이 있다고 믿는다.

미국 투어를 후원해 주신 LG디스플레이와 조미진 상무님, 오스트레일리아 투어를 후원해 주신 민교그룹 김선영 대표님, 여수세계박람회 이상율 준비위원장님, 아름다운가게 공동대표 홍명희 님, 슈트라움 송영길·조병혜 대표님, 중국 투어를 후원해 주신 IBK기업은행, 현대자동차그룹, 북경현대, 광주 첨단미르치과 박석인 원장님, 삼익악기, 광주광역시, LG전자 난징법인, 그리고 상하이에 계신 이진협 대표님, 김지영 원장님, 박정자 대표님, 최란아 대표님, 상하이 YMCA우장룽 이사장님, 그리고 YMCA전국연맹 남부원 사무총장님.

2011년 군부대 투어 공연을 후원해 준 미르치과네트워크, 화요, 2012년 군부대 투어 공연을 후원한 현대자동차그룹, 현대자동차, 기아자동차, 현대모비스. 특히 현대자동차그룹 최재호 과장님과 이병훈 부장님께 감사드리며, 그동안 〈피아노와 이빨〉 국내외 투어에 함께해 주신 모든 스태프에게 진심으로 감사와 사랑을 전한다.

끝으로, 나는 관객들에게서 활력과 용기를 얻는 아티스트다. 공연 현장에서 만난 많은 관객, 또 앞으로 만나게 될 사람들에게도 감사의 인사를 드린다. 아울러 10여 년을 함께하며 '일 벌이기'를 좋아하는 나 때문에 힘든 일, 속상한 일을 수없이 겪으면서도 한결같은 마음으로 대장을 지지해 준 나의 영원한 동지 김유미 매니저와 어린 나이에 융가에 들어와서 편집디자인, 영상편집, 음향, 운전, 피아노 조율까지 시키는 대로 척척 배우며 〈피아노와 이빨〉에 작고 단단한 힘이 되어 준 윤소원 씨, 더불어 책의 구성과 제작에 많은 도움을 주신 양경미 선생님과 인트랜스 안진환 대표님께 고개 숙여 감사함을 전한다.

# 피아노와 이빨

초판 1쇄 | 2012년 10월 25일
초판 2쇄 | 2013년 12월 09일


**지은이** | 윤효간
**펴낸이** | 정연금
**펴낸곳** | 멘토르
**기획편집** | 인트랜스
**기획** | 이수정 · 김미숙 · 안소영 · 강지예 · 조원선
**마케팅** | 나길훈
**경영지원** | 안정배 · 우은지
**디자인** | 권대홍 · 조인경
**편집교정** | 이상희
**사진 저작권** | 김유미 · 김태성 · 서민호 · 이강령
　　　　　　　이정환 · 이환선 · 이홍석 · 최명진

**등록** | 2004년 12월 30일 제302-2004-00081호
**주소** | 서울시 마포구 동교동 198-5번지 신흥빌딩 3층
**전화** | 02-706-0911    **팩스** | 02-706-0913
**홈페이지** | www.mentorbook.co.kr
**이메일** | mentor@mentorbook.co.kr

ⓒ 윤효간 2012
ISBN 978-89-6305-115-4 (03810)

* 잘못된 책은 구입처에서 바꿔 드립니다.
* 이 책은 저작권법에 의하여 보호를 받는 저작물로 무단 전재와 무단 복제를 금합니다.